悦讀紀
ENJOY READING ERA
文化品位
优雅生活

———阅读改变未来———

/ 曾以为遇见爱情便终身无憾
/ 越长大却越懂得：陪伴是最长情的告白

/ 不为赞赏
/ 只为迎接生命深处的掌声与鲜花

／ 看吧！每一刻都精彩，不一样的精彩

／ 如你在，花开，蝴蝶来

／ 如你走，花落，暗香漫

/ 念念不忘 有时未必有回响

/ 回忆是向着你的方向张望的眼眸
/ 深情而孤独

/ 缱绻时光里，唯一不变的是我与自己相伴

/ 你没来时，它是最好的时刻

/ 你走过后，它成了一地空壳

/ 原谅我，我要做的，是当从未曾见过

/ 时常觉得，冥冥之中
/ 会有一种强大的力量能感知、聆听和保护我
/ 这样相信我便什么都不怕了

/ 我从明媚走向黯淡，也从黯淡迎接光明
/ 可我的心却像跨越了千山万水
/ 多了几分弹性

/ 也许喜欢怀念你，多于看见你
/ 也许喜欢想象你，多于得到你
/ 这样你就无来无去

/ 有时我用忙来堵住思念的潮涌
/ 有时我用杂乱制造热闹的假象
/ 这样还真管用一时

/ 可再坚强、再努力、再阳光，也依旧会在某个时刻被深深的失意包围
/ 周围像裹着层层的刺，消沉消沉就好，还是要继续寻找出口

/ 女为悦己而容

命运 厚待
认真生活的人

○ 日光卿晨 著

青岛出版社
QINGDAO PUBLISHING HOUSE

图书在版编目（ＣＩＰ）数据

命运厚待认真生活的人 / 日光卿晨著. — 青岛：
青岛出版社，2016.3
ISBN 978-7-5552-3270-4

Ⅰ．①命… Ⅱ．①日… Ⅲ．①散文集－中国－当代
Ⅳ．①I267

中国版本图书馆CIP数据核字（2015）第280981号

书　　名　命运厚待认真生活的人
作　　者　日光卿晨
出版发行　青岛出版社
社　　址　青岛市海尔路182号（266061）
本社网址　http://www.qdpub.com
邮购电话　010-85787680-8015　13335059110
　　　　　0532-85814750（传真）　0532-68068026
责任编辑　杨　琴
特约编辑　杨　琴　易　超
封面设计　李红艳
版式设计　刘丽霞
印　　刷　三河市南阳印刷有限公司
出版日期　2016年3月第1版　2016年3月第1次印刷
开　　本　32开（880mm×1230mm）
印　　张　9
字　　数　110千
书　　号　ISBN 978-7-5552-3270-4
定　　价　36.00元

编校质量、盗版监督服务电话　4006532017　0532-68068670
青岛版图书售后如发现质量问题，请寄回青岛出版社出版印务部调换。
电话：010-85787680-8015　0532-68068629

致所有埋头认真生活，经历失意或失恋的姑娘们！

人的一生充满未知，正是因为这些或泛着闪闪金光或充斥着满满恶意的未知，我们才在一场又一场的别离里，学会好好地道别，致好友，致初恋；我们才在一次又一次的跌倒中，学会起跑然后潇洒地狂奔，在雨中，在烈日里；我们才在一个又一个的巅峰里，学会谦卑并且有涵养地分享喜悦，与所有人，更与自己。

我不擅长编故事，也不擅于灌鸡汤，无论锦衣玉食还是粗茶淡饭，我唯愿守住初心——写更多真实的故事，讲更多经历过撕心裂肺的痛才会懂得的道理，惟愿在这凉薄的世界，深情地活着！而你也可以在我的书里，找寻到那一份心的休憩地。

我与所有的姑娘一样，在公主梦里长大成人，然后花费了更多的时间去承认：在千千万万的人群里，平凡的我们几乎不能够成为万众瞩目的焦点。没有会吻醒我们的王子，没有七个小矮人的守护，只有日渐复杂的人际关系，不可推卸却永远繁重的工作和入不敷出的生活，甚至连纯粹的爱情都在渐行渐远。

那一年，我们第一次暗恋一个拥有万丈光芒的男生，我们无数次幻想与他的第一次。很不幸，王子总是很快便被公主吸引，因此，我们只能远远地看着他们牵着手漫步在校园里。是的，你第一次失恋，独自恋了一场没有开始，更谈不上结果的爱情；那一年，我们终有了追求者，我们以为觅得良人，因此，无比认真并且小心翼翼地守护着这份爱情，尽管他身上缺点无数，但天生充满母爱的你，选择接纳并且包容对方的一切。可惜，这段初恋还是无疾而终，懵懂的你哪里肯承认，你视若珍宝的爱情原来这么容易被瓦解得支离破碎！

18岁那年，我们情窦初开，渴望恋爱；20岁那年，我们认真地谈恋爱，然后失恋；最后，我们开始怀疑爱情。可是，姑娘，哪有人的人生是一帆风顺的？所以，在这本书里，我不会与你一起"感时花溅泪，恨别鸟惊心"，我只想陪你练就一身本领，成为爱情里的勇士，走出伤痛；我只想与你一起守护那份初心，直到最后遇到可以携手到白头的他。

那一年，你披星戴月地将自己埋在题海里遨游，你坚信，吃得苦中苦，终将成为人上人；那一年，寒窗苦读十多年的你终于跳出苦逼的青春，你像重获新生的鸟儿般，带着行李，在所有亲人的期待中，第一次远离家乡，去一个陌生的城市读大学，当然，你依然深信，毕了业，你就一定可以前程似锦；那一年，历经大学磨砺的你，棱角终于被打磨了些，你跃跃欲试，渴望在你梦寐以求的都市里，崭露头角直到大显身手；那一年，你第一次发现付出与收获不一定非得平等；你第一次发现原来同事并不像同学一样可以无话不谈；你第一次被迫承认你的领导没有那么赏识你，甚至他们并不认同曾经那么优秀的你。Sorry，姑娘，在这本书里，我亦不会同情你的不幸，我只会点醒被现实打败的你，与其花费大量的时间怨天尤人，怀疑现实，还不如优雅地转身，积蓄能量，再次重获新生，成为自己世界里的女王。

　　这些年，我也曾奋不顾身地爱过一个人，最终只能独自躲在被窝里偷偷地抹眼泪；也曾拼命努力地工作，却未曾获得事业上的任何认可；也曾用尽全力去维护一段因背叛而草草结束的友谊。可值得庆幸的是，我一直都愿意以幸福的名义去迎接风雨之后的彩虹。而今，我写下这本从女孩到优雅女王的"变形记"——《命运厚待认真生活的人》，只想在你每一个噩梦醒来的时候，给你一个大大的拥抱；帮助你在爱情与梦幻的理想泡沫幻灭前安全着陆；像闺蜜一样借给你肩膀，让你可以借别人的经历看清爱情的本质，认清现实的残酷，但也依旧心怀美好，选择认真生活，优雅地跳舞，迎接生命的厚待；当然，请原谅我的碎碎念，原谅我那犀利、清醒甚至有些现实的语言，因为我不仅想给你陪伴与慰藉，陪你走过一段黯淡时光，更希望能帮助你认清残酷的现实与爱情的真相，从而鼓励你认真生活，迎接生命深处的喝彩。好的闺蜜，不该除了陪伴、安慰，还有碎念般的为你拨开现实迷雾吗？

　　没有水晶鞋的姑娘们，不要灰心，不要迟疑，不要绝望，不要忧伤，不要低头，与我一起一路保持优雅，努力并且认真生活的你终有一天能觅得专属于你的水晶鞋，牵着爱人的手在星空下跳舞。无论是一群人的狂欢，两个人的华尔兹还是一个人的独舞，我们终将在用勇气、坚持和智慧搭建而成的舞台中央，成为气势如虹的天后，迎接灵魂深处的赞美与升华，而我愿是见证你成长的闺蜜和暖心大白。

　　很久很久以后，那个做着公主梦的小女孩终于明白：公主有颗勇敢的心，她终于不再苦等花开和王子的到来，她终究会成为自己的骑士，勇往直前……

目录
CONTENTS

闺蜜说1：

恋爱中的人
像跳华尔兹

闺蜜说2：

丫头，失恋也别低头，
皇冠会掉

闺蜜说3：

即使跌倒或失意，
姿势也要优雅

闺蜜说4：

认真独舞的你，
真美！

闺蜜说5：

一起迎接来自
命运深处的喝彩

闺蜜说 1：

恋爱中的人
像跳华尔兹

谈及爱情，天长地久
不过是个美好的愿景。
我所能想到的
最好的爱情应该是舒适、
笃定、默契，
并给予彼此以尊严、
宽容和忍耐的。
就像是在黑夜里同行，
即使我们不声不响，
你也知道我在你身旁
不离不弃，我也知晓你在。

我所能想到的最好的爱情

　　我最好的朋友失恋了，她和他没有逃过七年之痒，更可怕的是三年过去了，她依然无法从这段恋情所带来的阴影中走出来。她总是半夜梦到他已经离开，惊醒后发现枕巾已被眼泪打湿；她总是一而再、再而三地纠缠他，好像永远都无法接受他们已经分道扬镳的事实；她总是悲天悯人地向我们述说他们七年来的所有故事，每一个故事都被她美化得极好。

　　每一个迷失在失恋痛苦中的人都是在爱情里爱得更深的那一个，而人的本性都会对求而不得的东西念念不忘。可即便如此，很多人错过了就是永别，就好比你搭错了回家的班车，便永远都不可能让时光倒流，在同一时间、同一地点换一辆正确的车回家。

　　为什么失恋会让你如此痛苦？因为你并不能理解什么是好的爱情，就好像你只知道河豚美味却没有料到它有可能会让你中毒一样。

　　而我所能想到的最好的爱情应该如春日般温暖，可以不炽热，但一定是细水长流，一定是舒服、舒适和安定的。

一、最好的爱情就是放弃执拗的舒适

　　无须否认，我们每个人都有棱角，这样的棱角即便心知肚明也不愿意迁就任何人。可精明的人类往往最算不清的就是人情账——我们努力克制小性子，将微笑留给陌生人，却又拼了命地往死里作，将棱角一一展现给爱我们的人。

　　我有一个好朋友小娜，朋友圈中公认的好女孩——贤良淑德、秀外慧中。有一晚，她在闺蜜群中向我们抱怨她的男朋友。其实事情很简单：小娜的男朋友陪她去做头发，从选发型开始到洗头、做造型，时间定是短不了。小娜做头发的四个小时里，她的男朋友默默地窝在发廊的一角打游戏，小娜做完头发后本以为她男朋友已经预订好吃晚餐的地儿，但事实上他并没有她想象的那么体贴。小娜气急败坏地把包摔到他身上后扭头就走，他跟在她的身后不知所措，小娜见他没有上前来道歉心中更是窝火，最后这团火彻底地爆发了，小娜从她男朋友手里抢了包，对着她男朋友的小腿肚狠踹了一脚，之后便潇洒地转身离开了。

　　小娜碎碎念还没结束，闺蜜圈中就有人站出来批评她，诸如，男人通常不会想那么多，他能陪你那么久你就知足吧，没看出来你平常温温和和的，实则是个暴力狂啊。

　　小娜则更加觉得委屈：我不过希望他能向我服个软、道个歉嘛！其实，我就是想看看这个男人到底有多爱我！

　　其实我就是想考验他对我的爱到底有多深！因为这句话，我们又何尝不像小娜一样，无止境地去试探另一半的底线呢？你执着地相信真爱是义无反顾的，可你同时忽略了一点——对方也不过是个有血有肉的普通人，会倦、会累、会受伤，你不过仗着他爱你才这么肆无忌惮，他不过因为还爱你才会不吵不闹。可这样不舒适、不对等的爱情是绝不会有好结果的。

　　好的爱情首先建立在平等、互敬的基础之上。小作怡情、大作伤心的道理我们都得懂，也许原本你想要的是个踏着五彩祥云而来的大英雄，但这世间哪有那么多的王子与骑士？于是，我们

都喜欢努力再努力一点，既然找不到王子与骑士，不如试图将伴你左右的凡夫俗子幻化成为你要的模样。长此以往，你的执念越来越深，他对你的爱却越来越少。

我们常常低估了自己对别人的深情，高估了别人对自己的专情，当两个人同样深情款款时，我们需要在这样的爱情里添一点催化剂，加一点添加剂，彼此间心照不宣的舒适才是爱情的润滑剂。

二、最好的爱情是彼此的默契和不计得失的付出

什么是爱情里的默契和付出？最简单的例子就是你爱吃葡萄我爱吃樱桃，你买樱桃回家我买葡萄回家。

相爱的两个人首先是三观相近，惺惺相惜，但尽管如此，我们仍然不得不承认，人与人之间永远都存在着需要我们磨合的差异。

经常有朋友向我抱怨自己的另一半，他们总是自以为是地去剖析自己的爱人，然后在赌气的时候得出这么一个结论：从深层次来说，他（她）就是一个无比自私、自我、自恋的人。

置气时讲的话往往自认为理智，却最伤人心。扪心自问，你之所以给对方定一个自私、自我、自恋的罪名，还不是因为你从自己的角度出发，责备他没对你照顾有加，埋怨他不能感同身受吗？如此说来，你又何尝不自私？

在爱情里最忌讳过度地去苛责别人，所谓真爱能超越一切，

不过是个美好的童话。两个人在一起最好的状态就是包容彼此的小缺点，融入彼此的朋友圈，努力地喜欢上彼此的兴趣、爱好。

所谓默契，不过是换位思考；所谓付出，不过是将心比心。

三、最好的爱情是托付终身的笃定

我所认为的"笃定终身"，不是遇见一个人，你梦想的家里要有他才完美，更不是一见钟情的浪漫，而是遇到一个人，你明确地知道在彼此的余生里，你们不仅可以互相关照，还能够互相照料双方的父母。

我有个好朋友，人漂亮也优秀，她同时被两位先生追求着。A先生温润如玉，正是她喜欢的类型，他们有很多共同的爱好，所以总有说不完的话，A先生会向她抱怨工作有多辛苦，她也愿意向A先生倾诉她所有的困惑与不安。她是喜欢A先生的，但始终没有在他身上找到归宿感。

另一位追求者B先生是个务实主义者，没有那么多的浪漫情怀，也从不向她抱怨任何事。他们没有太多的共同爱好，但从本质上来说，他们有一点是共通的——都不甘于平庸。就这点而言，A先生恰好与他们相反。

我的好朋友一直在两位先生间徘徊不定，直到有一天，她出车祸住进了医院，出院时向我们宣布——B先生正式转正。

我曾问过她为什么不是A先生，明明他们俩更般配。她回答我说，在她出车祸的瞬间，她曾想过给她的父亲打电话，让他带着母亲去环游世界；也想过给A先生打电话，告诉他，她曾深深地爱过他，请他不要忘记她；可最后，她却给B先生打了电话，她说她出车祸了，如果不幸离世，请他帮她照顾她的父母。

她说，在漫长的相处中，她明明以为心里住着A先生，却在灾难临头时选择给B先生打电话。后来她才明白，她想要的爱情始终离不开亲情，想到要与A先生共度余生，她却有种不安的感觉。而且她明确地知道，以A先生的性情她是不可能将父母托付给他的。但B先生恰好相反，他没有A先生的柔情蜜语，却给了她真真切切的安全感，这样的安全感让她愿意将自己以及她的父母都交付于他。

我始终觉得，喜新厌旧也是人之常情，一辈子对着同一个人，需要更多的是责任和亲情的维系。这样复杂的情感，包括你们与双方父母、双方亲人的相处模式，爱情可以转瞬即逝，但彼此互相牵绊、相互依靠的笃定却是终身有效的。

谈及爱情，天长地久不过是个美好的愿景。我所能想到的最好的爱情应该是舒适、笃定、默契，并给予彼此以尊严、宽容和忍耐的。就像是在黑夜里同行，即使我们不声不响，你也知道我在你身旁不离不弃，我也知晓你在。

告别过去与别人的瓜葛，永远只生活在彼此水到渠成的余生里，无论路途多么艰辛，是否遥远，我们都执子之手，互相关照。

遇见爱情便终身无憾

刘清池摆弄着面前的台历，顺手放了首陈绮贞的《私奔到月球》，这是他初恋女友最喜欢听的歌。音乐一起，他那俊秀的脸上瞬间多了些黯然。

过了好一会儿，他才开口说："帮我把这个故事写出来吧，如果有一天我失忆了，记不起以前的事情了，也许你笔下的故事还能给我这个老男人一丝温暖，至少我知道男主角当初幸福过。"

如今的刘清池已经是某市的首富，是家金融理财机构的CEO，可这样的钻石王老五却仍然孑然一身。我曾经和很多人一样怀疑他的性取向，直到他给我讲了他的爱情故事，才打消了质疑。而这个故事在旁人看来觉得遗憾，在主人公的眼里却是完满的：

当年，读大二的刘清池参加学院的围棋比赛，作为上一届的亚军，他成了本次夺冠的热门人选之一。顺顺利利地杀进决赛后，他更是一路被看好。第一场决赛是与大一的小学妹李念星对弈。刘清池出于礼貌抬头端详了下坐在对面的学妹，乍看起来她不过是个普通的姑娘，眉眼间倒是有些许喜庆的味道。

赛制是三局两胜制，刘清池不出所料，赢得了第一局。中场休息的时候，刘清池与李念星相聊甚欢，他们默契十足，仿佛是久别重逢的老友，更奇妙的是，他们俩的生日正好是同一天。当刘清池再次打量这个小学妹时，竟被她甜美的微笑和咋咋呼呼的性格深深吸引了。

接下来的对弈已没有了硝烟的味道，刘清池自知李念星的棋艺一般，便故意让着她，时不时地抬头看着不断陷入沉思的李念星。"呵，这姑娘倒是可爱极了！"后来回忆起来，刘清池不得不承认，他在那时候已经爱上了李念星。你看，人对爱情的反应有时候是多么迟钝！

当然，一场比赛的输赢又如何能和爱情的魔力相抗衡？李念星赢得比赛，在旁人看来当然觉得意外，但只有他俩知道这是怎样的心照不宣。

李念星自知这个冠军是学长让来的，她对他说了声谢谢，他回她，怜香惜玉是君子所好。两个学传媒学的，把汉语的各种修辞手法都使用得十分恰当，比如暗喻，比如隐晦。

这之后，他们开始一来二往地请客吃饭、逛街、旅行，念星着急地等待清池向她表白，可他却迟迟未有行动。有一天，念星终于等不及了，她不想把青春葬送在这无边无际的等待里。我想，那时候的她大概从来没有想过未来的自己花费了更多的青春去等待刘清池。念星在他俩生日的那天买了十一朵玫瑰和三朵百合，冒冒失失地跑到刘清池的寝室楼下。

当刘清池看到李念星的时候，还没来得及开口，便被李念星抢了先："你不要说，先听我说。在遇见你之前，我没有想过在大学里谈恋爱，在遇见你之后，我想我是遇见爱情了。我不介意谁先向谁表白。这束花送给你，你要是接受了，就表明你接受了我的表白，从此你就不能欺负我，不能总是让我主动，不然——"

念星还没说完，刘清池便拥她入怀："你知道的，巨蟹座的男人都缺乏安全感，我害怕失去你，所以才迟迟不敢向你表白，谢谢你这么勇敢，以后，换我珍惜你！"

"不离不弃吗？终身相伴吗？与我偕老吗？"念星窝在清池的怀中，娇羞地反问。

"是是是，好好好！"清池把念星紧紧地抱在怀中，这丫头，可爱得像只猫。

他俩十指相扣，念星抱着花，恨不得向全世界宣布，他们恋爱了！

"学长，你猜，这些花的花语是什么？"念星歪着头看着清池，此刻，阳光甚好，连他们的影子都相爱得让人妒忌。

"十一朵玫瑰，三朵百合，一生一世、百年好合？"刘清池一朵朵认真地数着。

"那三朵百合还有什么意思？"念星仍然不依不饶。

"我爱你？"刘清池犹豫了下，并不十分确定。

"我也爱你！"念星说完在刘清池的脸上吻了一下，刘清池这才意识到自己上当了。

初恋大概就是这种味道吧，彼此都用尽最大的力气维系这样纯洁的感情；彼此都在学习如何爱一个人、如何被一个人爱；彼此都是当初最简单的模样，直到将来某一天想起，仍会怀念当初的日子和那些日子里的自己。

太过美好的东西也许都很难一帆风顺，当念星的父母知道念星在谈恋爱的时候，老两口从北京直奔哈尔滨。

刘清池至今也忘不了那天的场景。他和念星坐在桌子的左边，对面坐着她的父母，这时候他才知道，念星是高干子弟，母亲还经营着一家上市公司。他们那样的年纪，"门当户对"这个词没人能理解得多深刻，在彼此深爱的时候，刘清池从未觉得他贫寒的出身会让这段爱情夭折。

念星的父亲从头至尾没有说一句话，连一个笑脸都没有，相比之下，念星的母亲显得稍微亲切了些。她仔细打量了刘清池一番："我听我女儿说了你的大概情况。你们年轻，对爱情还太盲目，我不觉得以你的出身能给我女儿多好的生活，我不求我女儿将来找一个多有钱的人家，但至少门当户对。作为母亲，我不能让我的女儿嫁人后的日子比不上她之前的生活，希望你能明白一个母亲的心情。"

念星几次想帮刘清池辩解，都被她的父亲制止了。"门当户对"这个词深深地伤害了刘清池那本就要强的自尊心，他不得不承认，在此之前，他从未想过这个问题，他的想法很单纯，毕业后找个好工作，等念星毕业他们就结婚。

平常能言善辩的刘清池竟有了那么一丝歉意，对念星的歉意，因为那一刻，他觉得他们不会天荒地老了。

"小刘，我们不介意一个人的出身如何，但我们希望你可以考虑毕业后跟念星回北京，接手我的公司！"念星的母亲再次开口，语气已经没有了之前的强势。刘清池并不知道，这段时间，念星与父母抗争了许久，最终，她母亲才勉强答应念星，如果他同意回北京接手他们的生意，他们就不反对他们交往。

"听到了吗？我们一起回北京好不好？"直到她母亲稍稍松口，念星才敢说话，她拉着他的衣角问道。

他抬头看着她，这才发现，这姑娘是那么强大，她像当初追求他一样勇敢，瞒着他默默地承受了这一切。

"对不起，叔叔阿姨，我可以选择回家，也可以选择去北京，这都是我的选择，不代表我的婚姻，更不能由你们决定我去哪。我下午还有课，先失陪了！"说完这些话的时候，空气仿佛瞬间凝结了。刘清池起身就走，念星跟在他后面追，可刘清池拼命地跑，念星只能看着他消失在自己的眼前。

那时候的刘清池虽然志向不大，但也是个有骨气的汉子，他觉得他的自尊遭到了践踏，而这样的践踏恰恰碰到了他最敏感的部分。当然，他也从来没有想过，如果他不接手他们的企业，他和念星就必须结束。

刘清池把自己关在寝室里整整两天，最后，他打电话与念星分手，同时开始准备考研。他决定考取传媒专业最好学府的研究生——中国人民大学的研究生。其实原因仍然很简单，他想去北京，凭着自己的本事去北京，他要给她最好的生活。

接下来的日子变得非常简单，刘清池每天都是四五点钟准时起床去图书馆占座，而念星每一天都把他的早饭准备好。他无数次地跟她说，我们已经分手了；她无数次地乞求他，我们说好要一起老的。

后来，"非典"爆发，他们所在的学校已经被检出了好几例"非典"。以往拥挤的图书馆寂寥无人，很多人都请假回家避难。刘清池依然按时按点地到图书馆看书，念星也一直陪伴左右。刘清池很怕念星被感染，一次又一次地赶她回家，可念星回答他："那么关心我啊？那我们和好吧？"念星每说一次，就触碰一次刘清池那最柔软的内心。

有一天，念星发烧了，那样敏感的时期，发烧显得异常可怕，刘清池凌晨2点的时候，接到念星的电话，念星用带着咳嗽的沙哑声说："学长，我可能不幸被感染了，突然好不想死，我还有好多话没和你说，我还没和你结婚，我们还没有可爱的宝宝……"

刘清池边听边哭，他想起有一次，他们为了改善伙食，买了一个鱼罐头，他开罐头的时候划破了手，伤口不深不浅，念星拿着面纸帮他捂住伤口，一边哭一边送他去医院，不停地责怪自己不应该让他去买罐头。医生给刘清池包扎好伤口，念星还是不停地哭，并且从此，刘清池的衣服都归念星洗，因为念星不允许他的伤口碰到水——相爱的人，是能感同身受的吧。

"念星，你不要怕，我来接你去医院！你不是说，我们将来要举办以'池中有星星，星星在池中'为主题的婚礼吗？你还没成为我的新娘，谁都不能把你从我身边夺走。"刘清池突然觉得生命脆弱得让人害怕，他不能再有犹豫，他不能再辜负这个好姑娘，他直接冲到了念星的寝室。

凌晨两三点的哈尔滨寒气逼人，刘清池出来得急，就连一件外套都忘了穿。一路上人烟稀少，根本打不到车。刘清池背着念星，一直往医院跑，十几公里的路，跑起来虽然艰难，可爱情的力量极大地鼓舞了他们。

所幸，念星不过是普通感冒，他们与死神擦肩而过。

漫长的考研生涯终于画上了句号，可命运再次开了个玩笑：刘清池并未能如愿地考入人大。念星的父母再次飞来哈尔滨，这次，他们是用威逼利诱的方式逼他们分手。念星当然不会同意，但对刘清池而言，这根唯一能让念星父母接受他的稻草已经被割断了，他再也没有了和念星在一起的理由。那时候的他根深蒂固地觉得他给不了她幸福。人往往喜欢替爱的人做决定，却忘了原来在一起才是最美好的事。

刘清池知道，念星一定不会放弃他，于是，他逃离到了深圳。无亲无故，他只是想逃到一个离哈尔滨更远的地方，他想，隔这么远，遗忘应该容易些吧？可事实上，如果爱，哪怕逃离地球都难释怀。

后来，刘清池在人大旁边租了一间只有10平方米的房子，开始了他边工作边考研的生活。念星被逼着接受了父亲介绍的男孩，她依然是每天给他一个电话，她总是问他很多有关专业的问题，表面上是因为念星要考研，可清池知道，念星是为了帮他梳理知识点。

上苍总还是眷顾努力的人，刘清池终于考取了人民大学的研究生，念星考取了民族大学的研究生。念星也与男友分了手，原因很简单，她从来没有爱过他。念星把刘清池的课表复印了一份，跟着刘清池在人大上了整整一年的课，可刘清池自己也不知道他在拧巴些什么，当初明明是他非要放弃她的，但是当他知道她又谈过男朋友后，他竟然觉得遭到了背叛，而这样的背叛总让他惊慌。

有一天，念星给清池发出了最后的"通牒"，念星告诉他，如果他愿意重新接受她，就彼此既往不咎，重新来过，若是他仍然过不了心里的那一关，她也不会再等了。

两年，念星陪着他度过考研的日子，他们一起经历"非典"的生死，他们一起走过很多路，看过很多的风景，可刘清池始终不愿意回头。有什么办法呢？在念星心里，这本就是她的错，怪她有个强势的父母，怪她在与他分手的时候选择接受另一个人。对于这件事，其实念星本可以有个合理的解释，念星之所以答应做那位王先生的女朋友，是为了通过王家解救母亲岌岌可危的事业。后来，王先生知道念星的心里永远住不进他，便在念星读研后主动提出分手。这些事，念星如果说了，以刘清池的性格，大概更会责备自己太过无能，无法帮助念星的家人渡过难关吧？

两年，刘清池真真切切地感受着一个女人对他的爱，正如他也不能否认，他一样深爱着她，他这辈子都不可能忘了她，那是什么样的感觉呢？没有她之前，他不怕死，有了她之后，他还是不怕死，但他怕他死了之后，再也没有人像他一样爱着她、守着她、照顾着她。既然深爱，又何必互相折磨？

刘清池想了两天，买了十一朵玫瑰和三朵百合冲到了念星的寝室楼下。

他说："重新回到我身边吧。"

她说："谢谢你的花，我已经有男朋友了！"

他苦笑着，怪自己犹豫了太久；她却觉得一身轻松，她以前说过，被他喜欢过之后，很难觉得别人对她有多好了，可她真的等待得太久、太累。这两天，对念星而言远比那两年难熬。两年来，她无数次不顾尊严地乞求他重新接纳她，他无一次例外地拒绝，念星从未想过这次他会选择回来。

人生就是不能十全十美，当他释然的时候，她也释怀了。

后来的人生里，刘清池与李念星成了最好的朋友，他们无话不谈，只是话题不停地发生改变。刚工作的时候，念星会给刘清池寄去礼品，叮嘱他送给他的领导；念星还会寄衣服给他，她总是让他注意仪表，把自己打扮得利利索索、干干净净的；念星喜欢旅游，每去一个地方便会给刘清池寄一张明信片……

如今，刘清池已经是个CEO，是所谓的成功人士，李念星的孩子也在读小学了。我问他，有没有后悔当初没有留住她？他说："人生只能有一个答案，如果修改了决定，结果就会完全不一样。你知道这么多年，为什么我像个机器人一样拼命吗？因为我不想辜负她的信任，我们之间的感情远不止爱情那么简单。当初，我一无所有的时候，她选择相信我，我怎么能让她失望？我本来是个没有太大理想的人，因为遇见她，我才发誓要干出一番事业，不是为了我自己，是为了有一天让她能骄傲地告诉所有人，当年她没看错人。"

听完他的故事，我心里泛着酸酸的味道，我问他会不会觉得遗憾，他说："不会，我们都是懂得如何去经营生活的人，如果打破这样的默契离爱情会很远，离彼此会更远。而曾经那么深爱的彼此，又怎么能舍得变为路人？我现在最大的希望，就是她能过好这一生，如果哪天我要去见马克思了，她能陪在我床前，送我最后一程，我们一起聊聊天，告诉她，在这世界的某个角落，有个人与她经历过生死，永远都在关心着她。"

是啊，一点都不遗憾，爱情未必要以在一起收尾才是完美，如果彼此将爱情转换成心照不宣的友情，甚至是亲情，又何尝不是一种幸运？毕竟，很多人穷尽一生都没有与爱情相遇。

若为情义故，
万般皆可抛

你有没有想过什么样的人过得最自在？大概是心里无情的人，因为心里无情，便不必惦念，也无须担心被伤害，自顾自地活在自己的小天地里，了无牵挂，好不快活！

想来倒是有情之人的日子最难熬：有所思、所想、所念，想灵魂在路上又怕同伴孤单，想身体在路上又怕家人担心。说到底，人不过都是肉体凡胎，骨子里流淌着热乎的血才能有勇气终其一生。

"三个星星爸爸，点亮着夜空……"我听着邓超主演的电影《烈日灼心》片尾曲久久不愿离座，同伴唤我，我恍然发现，原来电影已经散场。

影片最后，装傻多年的陈比觉跳海自杀前说："我智商

163，不过现在看起来和智商80也没什么区别……"

你以为他真的仅仅是因为再也见不到小尾巴而痛不欲生吗？人性那么复杂，要说因为思念某一人而轻生，我是不信的。于他而言，两兄弟和小尾巴构成了他完整的人生，而当三者都离他而去，原本准备独活的他才彻底明白，他终究逃不过"情义"二字，自杀成为成全自己的唯一方式。

伊谷春在与师父讨论小丰与自道牺牲自己是为了挽救尾巴时，谷春的师父说："他们可是杀人犯啊！"

伊谷春噙着泪回答："不，师父，你不了解他们！"

在他的心里，法律是人类发明过的最好的东西，而他自己就如这法律一般，既讲人情又最残酷无情。伊谷春当然是位好警察，因为他可以为了抓逃犯而奋不顾身。奋不顾身说起来简单，可如若内心没有对正义的那份坚定是绝对做不到的。如此信正不信邪的人为什么会和一个杀人犯建立起如此深厚的感情？

当然，还是离不开情义。谷春与小丰共同经历了多次生死，谷春为救小丰受过伤，小丰也为了不放弃谷春而死死挣扎着，当逃犯踩过小丰身体之时，我在他的眼中同样看到了那份友情，这样的友谊是可以共生死的战友情。

谷春说："小丰放手。"

小丰却死死地抓住他咬牙坚持。

谷春说："你们三个去自首吧。"

小丰本可以放手，如果谷春消失，也许他们的事便可以不被揭发，但小丰并没有这样做，因为抛开一切单纯地说，他们已经是惺惺相惜的战友了。

所以你说，人性到底是个怎样的东西？我想，它是人与畜生最大的区别，这里的人不指人类，这里的畜生更不指动物。忠犬八公如果没有人性是不会那么忠诚地等待教授直到死亡来临的，杀人狂魔如果有人性也绝不会嗜血如命的。

七年前的水库惨案，小丰、自道和比觉又何尝不是受害者？那场惨案里没有人能全身而退，每个人的心里都有"情义"，小丰无法抛下留在别墅里的弃婴，自道和比觉也无法抛下陪伴自己成长多年的兄弟。

七年后，他们人性里仍有些东西在发光、发亮，因此，小丰才能不怕牺牲地去抓逃犯，自道才能冒着生命危险帮谷夏追劫匪。

当谷夏脱光了站在自道面前，证明自道不是同性恋的时候，谷夏歇斯底里地追问："为什么你不敢爱？"

而自道的回答是，他把命都给了她，却不敢爱她。

是不爱吗？恰恰是因为爱，因为爱才无比懂得取舍，那个陪伴他度过他人生里最后一个也是最疯狂的除夕夜的姑娘，善良的他如何能不管不顾地要了她？

对于他，她是生命赐予的一件奢侈品；至于她，她到最后才知道，他为什么说把命都给了她。而事实上，如果没有这段痴缠，小丰也许已经成功地摆脱了嫌疑。

《色戒》里的王佳芝又何尝不是一个悲剧？为了刺杀易先生，她不得不先玷污自己，当她的身体由一个女孩演变成一个女人之时，她还只是一个爱国的学生，一个为了民族大义牺牲自己的少女。而与易先生一次又一次地身体交融后，她才真正地变成一个女人，一个懂得男欢女爱、渴望爱与被爱的平凡女人。

而人一旦有了此生不可失的东西也就有了软肋，所以，她最终还是没有对他下手。一场浩浩荡荡的刺杀行动最终因为她生情而以失败告终。谁能责备她呢？说到底，她只不过是个平凡的女学生，爱上了一个不该爱的汉奸而已。

范冰冰演绎的杨贵妃又何尝不是死在"情义"上？一个视爱情为唯一的女子在遭到爱情背叛时心灰意冷，从此只想不问世事。如同师太对她所说，她终还是尘事未了，于是，一曲《霓裳羽衣曲》洗尽铅华，她果然只是个因为爱情而成为小女人的凡人。

即便她们的爱情得不到祝福，即便她最终牺牲自己而免去了恋人的为难，比起孤独终老的武则天，我却觉得这样的女人更真实而接地气。

人这一辈子，总被太多的人和事所牵挂。原本以为无欲无求、不悲不喜的人生才是完满的，而随着年岁的增长，我们大抵开始渐渐相信你我也不过是平凡之人，终不能做到了无牵挂地欣赏风景。

可这难道不美好吗？毕竟我们永远有想念的人，哪怕他们并不想念你，你仍能在月光下想念着他的脸庞发自肺腑地大笑；我们永远有爱的人，哪怕他们并不一样爱你，你仍会在某个难过的日子，一想到他便觉得原来这世间还是美好的；我们永远有多姿多彩的人生，哪怕日子常常难熬，可却能因为你的好心态而变得妙趣横生。

"若为自由故，生命和爱情皆可抛"的也许只是个自私的人，而我甘愿成为如同小丰、王佳芝、杨贵妃、舒淇饰演的聂隐娘般"若为情义故，万般皆可抛"的平凡人。这世间所有的名利不过是过眼云烟，而岁月带不走的是那个因为有情有义而永远不会孤独的你，是那个不仅有血有肉、有欢乐，也会有无尽悲伤的丰满的你……

念念不忘，未必有回响

我一直觉得，这世上所有的事情都不会无缘无故地存在，尤其是爱情。

徐志摩说，我们离回忆太近，离自由太远。有时候念念不忘，其实只是爱上回忆。一次犹豫，一次背叛，一次意外，足以让它枯萎。挣脱一切，烟消云散。

从陌生到熟悉的过程往往很简单，简单到只要一方有心，便很有可能成为互动。可从熟悉变陌生的过程却是循序渐进的，循序渐进到你以为是瞬间的变化，却早已在细枝末节中生出罅隙来。而后，变为陌生人的彼此也许还贪恋拥抱时的温度、亲吻时的热度，可茫茫人海中你们却再未相见。

半年前，冷小姐曾经问我，不是说念念不忘必有回响吗？那时候我还不知道她与他的故事，总觉得如她这般能勾起任何男人对初恋向往的女子绝对能让所有人念念不忘。

冷小姐从小到大都是我们这些女屌羡慕的对象——长着一张花瓶的脸蛋，可偏偏秀外慧中，文艺气息十足。暗恋冷小姐的男人无数，可冷小姐总能将这些男人变为无话不谈的好哥们，至于那些冥顽不化的，冷小姐便与他们老死不相往来。无论对待爱情、友情、工作，还是生活，冷小姐总能特立独行，绝不拖泥带水。

再一次遇见冷小姐是半年后的夏天。那天艳阳高照，冷小姐约我在半年前见面的小店里畅谈人生与理想。与半年前相比，冷小姐与生俱来的骄傲恢复了，无名指上戴着"一生唯爱"的Darry Ring，我在心里暗想：娶到她的男人一定是幸福的，因为冷小姐漂亮的皮囊下面有着一颗热爱生活的心，这样的心可以带给别人青春洋溢又无比阳光的快乐。

我心头的疑惑始终未解，半年前，让冷小姐卸下所有骄傲的男人到底又是何方神圣？

我正盯着冷小姐的Darry Ring发呆，冷小姐那银铃般的笑声唤醒了我。

"你是不是在想半年前的今天？其实我今天来也是为了让你帮我做个见证——跟半年前的自己告别，跟半年前的他告别，跟那段无疾而终的爱情告别。"冷小姐看起来无比轻松，可她那双忽闪忽闪的大眼睛里分明写满了故事。

"你还记得我半年前留在这里的小字条吗？"冷小姐一边问我，一边在店里的"回忆墙"上找她的回忆。

冷小姐将字条递给我，一行娟秀的文字带着半年前冷小姐的悲伤出现在我的眼前——爱你，比天长更长，比地久更久。我猜，对冷小姐来说，他再也不是不可以拿出来聊的话题，他再也不是唯一能夺走她骄傲的人，他再也不是冷小姐觉得非要爱到天荒地老的人了。

冷小姐续上了一杯卡布奇诺，动作轻盈地撕掉了她的"回忆"，随手便丢进了垃圾箱。然后，将他们的故事娓娓道来。

原来，她与他相识在地铁上，那天因为应酬已经微醉的冷小姐坐在末班地铁的最后一节车厢。冷小姐微醺中遮掩不住的娇容让坐在对面的他心动不已。好吧，这就是传说中的一见钟情。后来的故事非常简单，下地铁，他一路护送她回家，出于礼貌，冷小姐答应了与他互换微信号的请求。

接下来，是他对冷小姐死缠烂打的追求——鲜花、手表、包。冷小姐当然不是物质、虚荣的人，真正打动她的是他的嘘寒问暖，是他的不离不弃，是他的无微不至。

在冷小姐的众多追求者中，无微不至、嘘寒问暖的大有人在，谦谦君子、温润如玉的也绝不占少数。可能这就是所谓的缘分，在所有人眼里条件一般的他很快俘获了美人心。

他们像所有的情侣一样相处——一起吃饭，一起看电影，一起做按摩，一起讨论他们将来的孩子……他依然对她无微不至，体贴到怕厨房弄脏她的手，怕洗衣粉腐蚀她的皮肤——他对她的爱，那时候的冷小姐也是能真真切切地感受到的。他像对待孩子一样宠着她，给她最好的东西，怕她受到任何一点的伤害。

可时间长了，他发现冷小姐也不是一个没有缺点的人，比如她鄙视所有的家务活，比如她特别喜欢无理取闹，比如她天生有副好口才，她对他的批评往往是刻薄、无情的……终于，一场对他来说蓄谋已久、对她来说猝不及防的战争还是爆发了。

"那天天很冷，我拎着我所有的行李逃离那个让我觉得无比虚伪、肮脏、充满谎言的家。我对着路边的哈哈镜努力地挤出一个微笑，觉得那是我人生中最大的失败。是的，我不得不承认，那时候的我还不懂爱，不会爱。"冷小姐喝了一口卡布奇诺，优雅得像个白天鹅，白天鹅当然是骄傲的。

"可是后来，我还是念念不忘！我每天都会在地铁站等一个小时的地铁回家，你知道为什么吗？"冷小姐像是在述说别人的故事，"因为我知道他每天都会在那个点上地铁！哈哈，可是，原来世界真的很大，大到都在同一城市，都在同一条地铁上，可我们却再也没能重逢。但是重逢又能说些什么？无关风月的话我不知道要如何同他谈起，有关风月的话我想我们再也不适合谈起。"

"我想，他人生最大的遗憾就是没娶到你吧。有些人虽然没能相伴到老，可还是会让人念念不忘的。"端起面前的拿铁，我想，如我这般的女屌永远不能像她一样优雅。

"我不知道，我只知道我等了他很久很久，久到我都麻木了，久到每晚的梦都会重复，久到我已经懂得如何去爱一个人，如何珍惜别人的爱。可是，除了感谢他来过我的生命，教会我如何去爱之外，我好像什么都做不了。可我现在也快嫁人了，他在我懂得爱的时候出现，我接下来的每一段人生都会有他的参与。"冷小姐从包里拿出漂亮的请帖递给我，那一瞬间，我读到了她眼角的失落，"我的婚礼也是当初我和他想要的婚礼，只是我觉得我已经不需要一个特别浪漫的求婚了。"

我突然为冷小姐感到一丝的遗憾，像她这样追求完美的人，如果进入一场将就的婚姻该是怎样的凄凉？可那也不一定，因为冷小姐说，她已经懂得如何珍惜别人对她的爱了。

"还记得半年前你问我的问题吗？"我问道。

冷小姐歪着脑袋，可爱得又像一只猫："念念不忘，必有回响？我想我现在想明白了，爱情从头到尾都是两个人的事情，就像当初我拒绝很多追求者一样，这种事，只有两个人念念不忘才会有回响，我一个人再怎么念念不忘也终究写不了故事的结局不是吗？"

我点头应答，"豁然开朗"这个词真是美好极了。

在冷小姐婚礼的前一天，我与她一起，最后一次坐那个时间点的地铁，没有童话故事的结局，他们再也没见。

我想，每个人的人生都有一场无疾而终的爱情，而这些插曲并不能影响你成为一个懂爱和值得被爱的人。无论你内心对爱情、对他有多少期盼，总有个完全不符合要求的人将你请下神坛，可从那一刻起，你就注定是飞蛾扑火的。爱情，从来都没有比天长，也没有比地久。若是两个人的故事，即便是相隔天涯海角也总能有回响；可若有一天变成了你一个人的事，那就算近在咫尺也不会有任何回应。

一生唯爱、唯珍惜、唯包容、唯等待，能成全当初并不美好的你们，能挽留当初岌岌可危的爱情，直到岁月将我们变成——爱谈天的你和爱笑的我。

为爱情而结婚吧

　　奶茶刘若英写过一篇文章说，相信爱情的人终会与爱情相遇。我相信爱是天时地利的迷信，我们终将在茫茫人海中与爱的人相遇，如果此生能与他相遇，即便踏遍千山万水也不过是一首最美的情诗。

　　年轻的时候敢爱敢恨，那时的我们相信相守的爱情是简单的幸福，我们相爱只因为在彼此的世界里，我们只是我们。后来，我们给爱情加了很多的条件，于是，爱情好像变成了一条通往幸福生活的捷径。当然，我们突然害怕了等待，我们在父母的安排下相亲，认识了一个合适的人，像我们的父辈一样，因为合适，我们结婚了。

　　因为合适而结婚了，是一切不幸的开始，而我听过最好的故事就是：因为爱情，咱们结婚吧。

一、因为爱情，你会更加热爱这个世界

（一）

Z姑娘来自有着满满爱的单亲家庭。Z姑娘自小就无比独立，善良的她常常挂着一张笑脸，无论生活有多辛苦，她总是给身边人带去满满的正能量。除了工作，她还有一份兼职，她总想着能通过自己的努力让将她抚养成人的外公、外婆和妈妈过上幸福的生活。所以，他们一家人永远都有一种特别的幸福感。

嫁个好人家，有个坚实的经济后盾，这是改变现状最简单的途径。有捷径谁不愿意走？但很少有人考虑到：走捷径总是要付出代价的。

Z姑娘遇到了并不富裕的H君。H君是从大山里走出来的孩子，自小便知生活不易，他比很多人都努力，因为他想给Z姑娘一个家。

H君的工作性质是长期出差，一年里大概只有几十天的时间与Z姑娘待在一起，而且出差的地点永远都是偏远山区的光伏站，手机常常没有一点信号。

H君很努力，每次出差随行李都带着小台灯。他住的地方常常停电，于是，H君每次下班后都开着小台灯看书，H君在工作之余考着很多证，很多年如一日地带着小台灯复习。这世上没有

人不喜欢享受美景与美食，但H君却能克制住自己的心，他发愤图强考着各种证，和Z姑娘做兼职一样努力。

今年七夕，H君瞒着Z姑娘给她送去了鲜花与巧克力，收到礼物的那一刻，Z姑娘哭得稀里哗啦。聚少离多的爱情在很多人眼中都不够稳定，但因为爱情，他们互相鼓励、珍惜。所谓爱情，甜言蜜语不过是添加剂，最重要的是彼此的惦念与珍惜。

（二）

W姑娘芳龄三十，被父母和家人逼婚了许久，就在她快要妥协之时遇到了S君。S君在W姑娘相亲群中最为普通，在旁人的眼里，S君大概是配不上W姑娘的，但W姑娘就是这样不容商量地爱上了这个小她六岁的S君。

在W姑娘这样的年纪需要的不再是耳听爱情，她更需要一个稳定的家。S君当然知道这些，在遇到W姑娘之前，S君不过是个小孩，没有任何人生和事业的规划，在遇到W姑娘之后，S君便开始像个男人一样规划着他们的未来。

S君是个销售员，为了提高销售额，多赚些买首付的钱，他拼命地工作，经常应酬于觥筹交错的饭桌上。

有次S君喝醉了酒，酩酊大醉的他给W姑娘打电话说："我知道我配不上你，所以我这么努力地想要跟你更般配一些。在遇到你之前我从来没有想过成家，在遇到你之后我没有想过跟别人成家。我特别怕你等不及，我努力地想给你一个家，但我现在还给不了你，所以，你要等等我好不好？"

W姑娘在电话的这头捂着鼻子哭。这些话S君从来没有当面对她说过，而就算S君不说，W姑娘也不会离开他，因为在遇到S君之前W姑娘本以为要找一个合适的人将就地过完一生，而S君是她三十岁最好的礼物。

有次W姑娘与S君吵架，S君生气地离家出走，W姑娘半夜哭醒，S君听到哭声吓得从沙发狂奔到卧室，焦急地抱着W姑娘。

W姑娘似乎还在梦中，一直叫着："不要走，不要丢下我一个人。"原来，W姑娘梦到S君离她而去，伤心得不能自已。

S君抱着W姑娘哄着："傻瓜，不管怎么生气，我都不会留你一个人在家的，我知道你最怕孤单。"

（三）

L姑娘很漂亮，打小有一颗公主心，眼光极高。X君为人木讷且内向，对L姑娘一见钟情。L姑娘则是个话唠，永远有说不完的话。

X君在遇到L姑娘之前从来没有谈过恋爱，他对爱情有着极高的向往，这种向往就像梦想一样不容亵渎。

L姑娘最终还是被平凡的X君打动了。所以爱情要来的时候绝无缘由，也不分青红皂白。

L姑娘有次出差，X君每天早上都会打电话叫醒L姑娘。有一天，L姑娘睡得正香，床头酒店的电话响个不停，她睡意正浓，拿起电话就是一通牢骚。

待L姑娘发泄完，电话那头的X君长舒了一口气道："你没事就好！宝贝，起床吧。"

L姑娘不知道，每次她出差，X君都会查好她住的房间电话，X君怕L姑娘一个人出差害怕，总会陪着L姑娘聊天直到她睡着。

有次，L姑娘很想吃南京刚开的一家甜品店的蛋糕，于是，她便让X君独自去吃那家甜品，谁料X君把那家的甜品全部都拍成了照片发给她。第二天，L姑娘在宾馆楼下见到了拿着蛋糕的X君，L姑娘瞬间就哭红了眼，X君坐了一夜的火车带着L姑娘想吃的蛋糕绕过了很多个城市来看她。

情人节的时候，X君送给L姑娘22朵手折的玫瑰。L姑娘想着X君笨笨地折玫瑰的样子，便忍不住笑出了声。

L姑娘问X君："为什么是22朵？"

X君回答："从我们在一起到现在，总共有22天没有见面。你不在我身边的时候，我就折玫瑰。你说最讨厌鲜花凋零，所以我送你的是永远不会凋零的玫瑰。"

L姑娘和X君相约去山上祈福，X君许的愿望是有一天把L姑娘领回家，他们要生一双儿女，女儿像她，儿子像他。L姑娘的愿望是希望X君心想事成。

他们在山上住了一夜，看到日出的时候，L姑娘快乐得像一个精灵，而在X君眼里她才是最美的风景，春风十里也不如她。

（四）

大山里走出来的H君原本对将来并没有那么大的愿景，而对Z姑娘的保护欲激励着他成为更好的人，于是，他永远背着小台灯，在幽暗的灯光下为他们的未来拼搏；S君本是个英俊的浪子，从未想过在二十四岁的时候步入婚姻的坟墓，但在遇到W姑娘后，他心甘情愿地背负起与他这个年纪有些不相符的责任；X君哪里懂得什么是浪漫，可自从与L姑娘在一起，他便成为了十足的暖男和诗人，而只有与L姑娘在一起，他才永远是个啰唆的话唠。

人世间有时候冰冷得可怕，你常常觉得茕茕孑立、形影相吊，而爱情用温暖化解了这份严寒，于是，你会更加热爱这个因他的存在而无比美好的世界。

二、下一站，为了爱情再结婚

爱情，有时候真的有一种魔力，这样的魔力能打破很多常规的思维。因为有了爱情，你可能会突然变成一个超级英雄；因为爱情，从不喜欢做饭的你变成了一个厨娘。婚姻原本就是一场枯燥的修行，如果没有爱情，这样的一段合作关系未必能长久。这个花花世界，诱惑颇多，没有爱情的婚姻是抵挡不住蝴蝶的。

所以，在没有遇到爱情前，请不要为了其他目的随意地步入婚姻。

（一）婚姻是一场枯燥的修行

恋爱时，两个人往往在荷尔蒙的蛊惑下丧失理智。你们拼尽全力地去爱对方，明明只能给予彼此一个面包，非要给彼此制造一个全世界的假象。

但当爱情步入婚姻，一切都开始变得不同。柴米油盐酱醋茶才是生活，当爱情蒙上一层生活的味道，便不会再有原来的神秘色彩。

曾经在彼此眼中的俊男靓女在生活中成了凡夫俗子，尤其是女方，恋爱时每次见面都要化妆很久的她在家庭生活中多数是素颜朝天。你们开始规划每一分钱的用途，不再有屡见不鲜的烛光晚餐。过节时，女方想要的惊喜总是跟生活相关——也许榨果汁机便能代替玫瑰的浪漫。

日子过久了便开始变得无趣，你们的生活重心会从彼此的小爱情转换到完整的家，你们不仅要照顾对方的感受，还有照顾彼此的父母和你们将来的宝宝。

所有的乏味说起来好像也不过如此，但人总想要新鲜感。

所以，其实婚姻就是一场枯燥的修行，从某种角度来说，婚姻关系建立之后，你们便是合作者。在这样有些无趣甚至是乏味的日子里，你们需要面对太多没有面临过的问题，而所有的这些，没有彼此的包容与磨合是很难达成共识的。我曾经以为责任在婚姻生活中起着至关重要的作用，但责任不过是一种不自主的约束，说白了不过是一种压抑。而真正的包容与疼爱是因为心中有爱，这样的爱让你们愿意为彼此付出，这样的付出是甘之如饴的。

（二）唯有爱能抵挡住诱惑

很荣幸，我们生活在一个精彩的世界，有吃不尽的美食和看不完的风景。很不幸，这样的花花世界，每天都会有不一样的新鲜事物产生，而由此便衍生了众多的诱惑。人非圣贤，孰能真正地控制住本心？

前几天，我的一个朋友被男方悔婚。两人是相亲认识的，彼此间的感觉是友达以上、恋人未满。两个因为合适而在一起，什么都是适可而止——拥抱、亲吻这些原本应该很甜蜜的东西都变成了例行公事。

两人在父母的催促下订婚、结婚，像这世上其他因为合适而成婚的夫妻一样，他俩都做好了依靠亲情去维持婚姻的准备。可就在他们筹备婚礼的过程中，男方在出差途中遇到了他的百分百女孩。快三十的他在遇到了心动的人后竟然变成了一个男孩，他像一个战士，孤军奋战——推掉了酒席，向双方父母道歉。

女方父母说："你这样的行为太不负责任，你让两个家庭都无法下台。"

男方不停地向他们道歉，最后一本正经地说："你们想要的是一场婚礼，而我们追求的是有爱情的婚姻。我如果放弃爱情与您的女儿结婚，将来我会后悔，她也会觉得委屈。人生就一辈子，一辈子那么长我没有办法将就。"

我问我的朋友："你会不会怨恨他？"

她回答我说："只觉得松了一口气，如果换作我遇到真爱，也会不管不顾地取消婚礼。所以，感谢他的勇敢，感谢他告诉我，原来只有爱才能抵抗得了诱惑。"

且不说有真爱的婚姻在面对诱惑的时候抵抗力有多少，如果连爱都没有，仅凭不从心的责任，恐怕难以抵挡来自内心的遵从。

（三）因为爱情，咱们结婚吧

我曾在医院里遇见过一对老夫妻，五六十岁的样子。女方得了很奇怪的病，每天夜里喉咙都会自行发声，刚开始的一年里，声音不算大，对他们的生活影响有限。但近两年，声音越来越大，他们经常在半夜被吓醒，然后再也难以入眠。

就诊的时候，男人一直用手抚摸着女人的后背，就像是一种默默的支持。医生看着病历单不停地摇头，女人的脸色也越来越难看，男人握着女人的手，一刻都没有放开过。男人看着很沧桑，头发已经全白了，他跟医生说，为了她的病，这些年他们辗转去过很多医院，没有一家能确诊。他说这些话的时候一直眉头紧锁，我想，对于她的痛苦他一定感同身受。老来的互相陪伴、依靠、不离不弃，其实真的都来之不易。

后来，我很羡慕地问他们："你们一定深爱着彼此吧，不然怎么能做到不烦不躁、心甘情愿地生死与共呢?"

男人看着我很腼腆地笑了,女人看着男人冲我点了点头道:"我们是同学,青梅竹马,这些年我陆陆续续地得了好几场大病,如果没有他,我可能早就去见阎王了!"

"不许瞎说!"男人突然很严肃、很认真地制止了正在"诅咒"自己的女人,眼神里流露出那种怕失去的担心。

"好好好,不瞎说,我呀,陪你到老!"女人握住男人的手,笑得很窝心。

我看着他们挽手而去的背影渐行渐远,眼泪瞬间就打湿了眼眶。

这个瞬息万变的社会将简单的生活变得不再那么单纯,我们想要的很多,但遂心的很少。我们来不及给人生做好所有的设定,就好像面对工作和生活,也许你也不得不戴着面具去伪装,那么,至少带着一颗真心去寻找爱情,至少每一次想到回家,便会觉得有那个人在真好。

一辈子太长,长到你要亲眼看着眼前人慢慢变老,长到你们要一起面对很多意想不到的问题,长到一路你会遇到很多很多难以抵抗的诱惑;而我始终相信金钱与权力的能力永远是有限的,唯爱才会创造生死与共的不离不弃。

我只愿不负韶华不负卿,把最美妙的东西封存在属于我们或长或短的岁月里。下一站,因为爱情,咱们结婚吧!

为什么你愿意拿生命去换的人，不能共度余生

01

曾经看过一篇报道，大概意思是说，有个女孩，不惧世俗目光和家人反对，毅然决然地陪伴着因车祸而成为植物人的男友，并用一腔柔情唤醒了他。当然，男友出院后不久，他们就成婚了，但结婚仅仅两年，他们却又选择了离婚。她说，她也很希望他们能有美好结局，无奈现实真的太残酷，生活压力太大，再加上婆婆刁难，她完全看不到任何希望，被逼无奈的她只得选择离婚。

我有个闺蜜，她男朋友曾经救过她的命，情节很狗血，结局很伤感——有次，他俩因为一件小事产生了口角，我闺蜜气得甩手就跑，恰好有辆车向着她冲了过来，正当闺蜜不知所措的时

候，她男朋友奋力地把她推开。所幸，两人都只是受了一些小伤，并无大碍。

这时候，闺蜜感激涕零，觉得Jack对Rose也不过如此，闺蜜立誓：此生非这个男人不嫁。

可事与愿违，这个愿意为她付出生命的男人，并没有与她走到最后。他们分开的原因很简单，他那迷信的父母替他们算了次命，算命先生说，如果他们在一起，他就会妻离子散。这是多么恶毒的诅咒啊！闺蜜如今想来，都觉得如同一场噩梦。

即便家人反对，她的男朋友还是愿意冒着家破人亡的危险与她成婚。

因为他的坚持，他与他那强势的父母有过无数次的争吵，他试图用科学的方式说服他们而他的父母也同样顽固。在婚姻大事上，虽然大家目标一致，但他们并不愿意妥协，更不愿意让儿子冒任何风险。

他是个善良并且孝顺的人，当他看到他父亲一夜白头后，他终于意识到，他可能永远也无法说服他的父亲去接纳她，最终，他只能放弃了深爱的姑娘。

闺蜜曾经问过他："你可以冒着生命危险去救我，怎么现在连反抗的勇气都没有了？"

他却只能频频摇头："现在已经不再是我们俩的事了，所有的亲戚都在劝我，都在努力说服我，我能预见，如果我和你在一起就如同是与整个家族断绝关系，但我不可能为了你抛弃我的整个家族，对不起，我做不到。"

他说的每一个字都变成了尖针，一针针地戳在闺蜜血淋淋的心上。

我相信他们都深爱着彼此，可共度余生不仅仅需要爱情。

02

为什么你愿意拿生命去换的人，却不能共度余生？

因为相爱的两个人可以去谈一场轰轰烈烈、刻骨铭心的恋爱，在这场风花雪月的故事里，你们都体会到了前所未有的快感，你们可以为对方献出所有你珍视的东西，包括尊严、金钱，甚至生命。可当爱情落入到世俗中，门当户对、柴米油盐、世俗偏见等这些烦琐的东西都有可能成为阻碍你们在一起的理由。

我常常在想，也许林徽因也是爱过徐志摩的，可她是标准的名门淑女，而她母亲姨太太的身份也曾让她陷入尴尬的境地。她所受的教育和她的处境，都不允许她与一个有妇之夫度过余生。她理智地从这段错误的感情中全身而退，嫁给了与她门当户对的梁思成。

我想起张爱玲在《倾城之恋》中写过，是城市的沦陷成全了范柳原与白流苏，但也许就因为要成全她，一个大都市沦陷了。书中有过这样的一段描述："他不过是一个自私的男子，她不过是一个自私的女人。在这兵荒马乱的年代，个人主义者是无处容身的，可是总有地方容得下一对平凡的夫妻。"

为什么只有一个大都市的沦陷才会成全范柳原与白流苏？因为战争可怕地将死亡变得猝不及防，而人往往在死亡边缘拼运气的时候，才会做出只遵从内心、毫无理智去参与的选择。这样的选择是不受任何世俗观念影响的，比起深思熟虑，它才更加真实。

我在想，若是林徽因曾与徐志摩经历过生死，在她面临死亡的那一刻，一定会义无反顾地选择嫁与徐志摩为妻吧。

这样的遗憾绝不仅此一例，派克又何尝不是对赫本一往情深？

在赫本去世后的某一年，87岁高龄的派克曾在一个拍卖会上挂着拐杖，颤巍巍地前去买回那枚陪伴了赫本近40年的胸针——那一年他送给她的蝴蝶胸针。还如何去怀疑他是不是爱她呢？他将传家之宝赠予她，却无法与她厮守终身。是的，派克是十足的正人君子，他不会背叛他的婚姻，更不会让赫本背负骂名。可如果他们不幸地被命运抛到了生死灾难的边缘，我相信，派克一定会向赫本表白，也会牺牲自己去挽救赫本。

03

人生在世，我们在做每一次选择的时候都会有所顾忌，每一次选择都不是退无可退的，于是，我们都会不假思索地给自己找好退路。

我们曾与深爱的人度过了人生里某一段美好的时光，在这段时光里，我们彼此无比真诚与坦荡。我们曾牵手看过无数的风景，转身仍然会觉得你才是最美的风景；我们也曾争吵得面红耳赤，一个拥抱、一个亲吻就会化解所有的风波；我们都曾想过将终身托付给对方；我们都曾幻想过有彼此参与的未来。

后来，我们不小心走散了，可我们还是应当心怀感恩地去怀念过去，满心欢喜地去祭奠属于彼此的故事。

有爱情并不代表可以共度一生，一辈子太长，给承诺的时候谁都没想过会失信于人，只可惜，有缘无分，你们的余生只能与另一个人共话巴山夜雨。

婚姻不一定需要多么浓烈的感情，婚姻里的两个人更应该是合拍的，比如，他们门当户对，他们有共同的价值观、消费观、人生观，他们有着共同的目标，他们不需要像当初那样费尽力气地去彼此磨合；他们爱得不强烈，却是平平淡淡、细水长流的。

不必对爱情心有不甘，毕竟，曾经有个人像爱着生命一样爱过你，他曾无比努力地构建过属于你们的未来，这强烈的爱总能在以后的人生里温暖到你。

而与你共度余生的人，我们更应给予尊重与理解。在遇到他的时候，你已经不再像当初那样有激情，也没有过多的耐心去磨平彼此的棱角。可缘分让你们成为了彼此最亲近的人，即使不能如当初爱另一个人一样去爱他，即使你的内心深处永远住着一个人，即使你醉酒的时候不停地念叨着别人的名字，你们仍是彼此的左右手，互相搀扶，相互依靠，走过接下去的人生。

　　为什么你愿意拿生命去换的人，不能共度余生？因为命运舍不得将你们抛到绝望的边缘，而不处在生死边缘，我们不会义无反顾地去爱，我们无法不遵从这世间所有的人伦道德。

　　佛家说，与你共度今生的都是你上辈子亏欠最多的人，余生就互相指教吧。

闺蜜说 2：

丫头，失恋也别低头，皇冠会掉

终究一天，
你会明白，
回忆就像镜中花、
水中月，
而你该做的，
是扶好皇冠，
珍惜眼前人，
笑对明天的朝阳。

新欢恰似故人归

我常常想，在这浩瀚的宇宙里，儿女情长是件多么渺小的事情，偏偏这世间的人儿若离开情爱，便会发现万物都虚无缥缈，了无生趣。

爱情，在美好的童话世界里、在心爱的人的眼里显得无比纯粹与干净。只可惜往往情深不寿，向来情深缘浅，即便遇到了今生挚爱也有可能不得不挥手话别，而后来的人生，只是为了向你证明：这辈子已然遇到那么一个人，其他人都变成了将就。

至此，婚姻竟然变成了寻找优秀的基因，然后一起繁殖后代的方式。我原本并不想夸大爱情的力量，但原来真的有人活在爱情的世界里不能自拔，明明可以心无所念却又不由自主地让别人住进了心里，成为了一生的牵挂。

　　我的好朋友文晖先生是个谦谦君子，他是温润如玉、安于现状型的，自小熟读各类史书，在外人看来总是一副冷若冰霜的模样，可事实上他却是个有着侠骨柔情的骑士。

　　文晖先生从未谈过一场完整的恋爱，年纪渐长，已过30岁的他依旧在众人的催促下有条不紊地寻找着他的挚爱。在这样一个言论无比自由的社会里，处在适婚年龄的他全然不受外界的干扰，这种精神不得不让人由衷地佩服。

　　上天果然没有辜负他的等待，终于，文晖先生遇见了他的意中人——夏天。夏天小姐就像她的名字一样热烈，像极了天边烂漫的云彩，有时候又像个不安分的猫。

　　他们第一次约会的地点是夏天小姐的母校，夏天带着文晖窝在一家韩式小店里吃晚饭。文晖先生从未想过他会在这样的年纪遇到一个连心都如此纯净的姑娘。这些年，文晖也被逼着相亲无数，每当文晖先生约对方见面，对方都会挑选档次还算不错的地方吃个便饭。可当他问及夏天小姐想吃什么的时候，她歪着脑袋嘴角上扬道："我带你去吃我以前读书时经常和朋友吃的石锅饭！好久没有回去了，好怀念那种味道！"

　　文晖先生也说不清到底是什么原因，当夏天小姐说出这句话的时候，他低头看着被微风吹散头发的她，突然意识到：斯人如彩虹，遇上方知有。他觉得她是个念旧与长情的女孩，他无比坚定她就是他要的姑娘。

　　人与人之间为什么会产生爱情？其中有一个原因大概是在对

方身上看到了你自己想成为的模样。文晖先生打心眼里爱着夏天姑娘对万物的激情，姑娘也无比羡慕文晖先生对所有事物的安之若素。初识的他们就如同久违的老朋友般，夏天小姐永远喋喋不休，而原本少言寡语的文晖先生面对这只小麻雀时也同样想欢呼雀跃。

他们同行去看过紫金山的萤火虫，当文晖先生欣喜若狂地把好不容易逮住的萤火虫合在手心，小心翼翼地递给夏天小姐时，他在她的眼中见到了万丈光芒。夏天小姐同样兴奋又旁若无人地与萤火虫对话。

文晖先生抚摸着她的头发打趣道："傻丫头，它是听不懂你讲话的。"

夏天小姐噘着嘴巴不甘心地回答："万物都是有灵性的，只要你用心，它总能听得懂。"

文晖先生捂着嘴巴大笑，但内心却被眼前这个姑娘感动了，她就像个长不大的孩子，而他此生的职责就是让她永远像个孩子。文晖微笑着问道："你在跟它说什么？"

夏天小姐竟然一本正经地回答他："我跟它说不要怕，我会还你自由的。"

夏天的这句话大概成为文晖先生那个夏天最后的记忆，他的心一下子就柔软了很多，他打开手心放走了萤火虫，同时将夏天拥入怀中。那一刻，他发誓，只要此生能与夏天终老，人生便是完满而无憾的。

男人为什么会对一个女人产生保护欲？不是这个女人弱小到需要被保护，而是这个男人让她住进了心里，她就如同他的珍宝，他无条件地守护着她，甘愿穷尽一生护她周全。如果你觉得这个男人永远都会是个盖世英雄，很抱歉，他可能还不够爱你，因为男人同时也有种特别的恋母情怀，他们会向心爱的人儿撒娇，因为他们也需要偶尔的依靠。

于是，文晖先生成为夏天小姐的专属骑士，而夏天小姐也变成了文晖先生全方位的依靠。只要他们彼此相依，哪怕狂风暴雨都会幻化成彩虹来临前的乐章。

可人往往在遇到真爱的时候还没有学会如何去爱，文晖先生和夏天小姐的爱情也在那个夏天快要结束的时候画上了句号。夏天小姐依旧如当初一样的随性与真挚，但文晖先生却越发觉得永远奋斗劲十足的她总是那么咄咄逼人。原本就随遇而安的文晖先生以为他可以毫无底线地包容她，可事实证明他却越来越感觉到压抑。

夏天小姐也是一样，永远那么气势如虹的她开始觉得与世无争的文晖先生不过是碌碌无为而已。她想要改变他，却发现一个人三十年来形成的处世之道是如此的顽固。

他们开始无休止地争吵，开始无限制地夸大对方的缺点，缩小对方的优点，开始故意屏蔽相爱时所有甜蜜的瞬间。

于是，他们还是分开了。分手的时候，倔强的他们一个比一个决绝，曾经在那个夏天温暖了彼此的他们就这样老死不相往来了。

这些年，兜兜转转的文晖先生陆陆续续遇到了更多的姑娘，每一个都好像有夏天小姐的影子，而每一个都不是当初的夏天。

文晖先生终究抵不过现实，当初那个坚称找不到真爱便不婚的他，也被岁月打磨得无影无踪。他试图找一个姑娘安定下来，可却无法抵抗内心对夏天小姐的思念，他也不清楚这还是不是爱情，他只知道他与那个合适的姑娘在一起时，夏天小姐如同鲜花般灿烂的脸庞无时无刻不存在。

文晖先生挠着头发，一脸痛苦地问我："我还要不要坚持？"

我辗转把他的问题传达给了夏天小姐，她依旧上扬着她那骄傲的嘴角："我不知道该如何回答他，就像我也不知道我在坚持着些什么，我只是不知道这些年除了坚持我还能做什么，人生永远写着未完待续，但爱情这件事情不仅需要浇筑和坚持，还需要天时地利和人和。有时候会特别想念那个人，但只怕再见也无法找回当初的情怀。"

我把夏天小姐的回答传达给文晖先生，他微微一笑："我原本是个淡然的人，心无所念，万物皆宁，但奈何让她成为了我一生的牵挂……"

我知道他们各自的故事都未完，但却猜不到会如何继续。我坚信，文晖先生终究成不了守了林徽因一生的金岳霖。

多年后若偶遇，面对也许已经大腹便便但事业并未有成的文晖先生，夏天小姐还会不会再次怦然心动？文晖先生呢，若是恰巧遇到素面朝天、孕态十足的夏天小姐，还会不会继续让她住在他的心里，做一个永远唯一的故人？

如若心无所念，也许有个人能留在心间也是件幸运的事吧，毕竟，很多人穷尽一生也未曾与轰轰烈烈的爱情相遇。而爱情这个天时地利的迷信不过是漫长人生里的一部分，"得之我幸，失之我命"多少有些夸张，但此生恐怕所有的新欢都不过恰似故人归来罢了，只可惜故人归期未有期……

别让回忆毁了你

文尔小姐闭着眼仰头对着天空，在这寒冷的天气里，万物都开始枯萎，只剩下她对他仍然深情款款。文尔小姐深呼一口气，将双手蜷缩进袖口里，她又想起那一年的冬季，他将她冰冷的双手揣进怀里。你看，回忆就是这样轻而易举地深入你心——在这寒凉的世界里，它不费吹灰之力地融进你的生活，如同空气中的氧气一样，它成为你生命中必不可少的部分。

文尔小姐本是个高冷的文艺女青，拗不过家里不停的催促才去见了这位G先生。初识时，其貌不扬的G先生确实未能抓住姑娘的芳心。文尔带着闺蜜坐在他对面，和颜悦色地和他打招呼，心里却是N多个草泥马在奔腾。文尔的闺蜜倒是给力，心照不宣地看出了文尔对他的态度，于是，在接下来的时间里，文尔只顾埋头吃饭，残忍地留下闺蜜替她暖场。文尔倒也不是真的不闻不问，她从小就喜欢打量身边的所有人，用她自认为敏锐的触觉给别人下一个定论。这位G先生倒算得上温文尔雅、大方体贴，适时地给两位姑娘续上茶水，看文尔姑娘喜欢吃虾，又令服务员上了一盘虾。闺蜜时不时给文尔姑娘使眼色，一副此暖男不可轻易放走的模样，文尔故意没有理会闺蜜的用心。文尔也算阅男人无数，当然也不乏像G先生这般的gentleman。上学的时候，有男生默默地陪文尔上课，有男人在初雪的时候给文尔送雪人，还有男生在学校里放了N多盏孔明灯，只为了有一盏能从文尔姑娘宿舍的窗口飘过……身边的人大多认为文尔挑剔，可其实连她自己都不确定她到底要找个怎样的男人！怎么说呢？文尔总觉得她要找个有情怀的男人，那样的情怀可以与她一起读书，远行，逛博物馆。

文尔那时候住在上海的郊区，G先生住在市区，来过上海的人都知道，从市区到郊区是一段多么遥远的路程，而且上海的路况，大多数时候都在堵车。可G先生还是坚持要送她们回去，文尔无法拒绝他的好意，便与闺蜜上了车。文尔透过车窗看着外面的夜景，再抬头看看正在开车的G先生，回想起一天来G先生的特别关照——电影院里怕文尔冻着，给文尔披上了外套；马路边上怕文尔被车撞，特意与文尔交换了位置。诸如此类的暖人之举非但未能讨得文尔的欢心，相反，却让文尔给他下了个阅女人无数的定论。

　　G先生当晚回到自己的家已经是深夜12点多，文尔对他的态度不冷不热，可这恰恰激起了男人最原始的征服欲望，G先生给自己下了军令状，必须用一个月的时间将文尔姑娘拿下。

　　男人与女人之间的较量，有时候仅仅归结于谁更沉得住气，就这一点而言，对G先生感觉一般的文尔起初应该算是略胜一筹。接下来的日子，G先生的温暖气息慢慢地蔓延到文尔小姐的全部生活中。G先生在降温时，会给文尔发来简讯——今早出门好冷，文尔姑娘要多穿点哦，我不要你美丽冻人，只要你健康快乐。这样的关心也许看着平凡无奇，可没有哪个女人能拒绝一个男人持续长久的关怀备至。于是，文尔开始给他回应，虽说仍然是不温不火，却也鼓舞了G先生坚持下去的士气。

　　这样的状态持续了大半个月，G先生已经慢慢融入了文尔小姐的生活。有一天，G先生突然消失了，这样的失踪是多久？其实不过是一天而已，可没有了G先生"早安"问候的文尔姑娘开始慌张起来。文尔措手不及地发现她已经让G先生走进了她的心，文尔还是在不停地说服自己：不不不，这一定是错觉，他既不喜欢看书也不喜欢研史，更没有我想要的大情怀，我怎么会喜欢上他？你看，女人们总是拗不过对她们太好的男人们！文尔失魂落魄地下班回家，感觉没有了G先生问候的日子仿佛度日如年！G先生当然没有失踪，说他欲擒故纵也好，说他看好时机收网也罢，当晚，G先生捧着他亲手做的虾饺守在文尔姑娘的家门口时，文尔的最后防线崩塌。

　　G先生把双手摊在文尔面前说道："你看，剥虾的时候不小心伤到手了！"

　　文尔歪着头，握着G先生的手，仰头看着他，第一次发现，原来G先生有着迷人的微笑，那样的微笑像极了冬天里的阳光："真是个傻瓜！"

　　G先生一把抱住文尔小姐，温暖地在她耳边傻笑："怎么办呢？谁让我的小公主昨天大半夜的想吃虾饺，我只能亲力亲为了！"文尔这才想起来，昨天半夜，她转发了一条关于美食的微博，并留言说：好想吃虾饺！

　　文尔小姐闻到G先生怀里阳光的味道，这样的味道不是属于哪个有大情怀的男人，而是属于这个给了她家一般温暖感觉的G先生。文尔小姐心想：虽然他不爱读书，不爱研史，可他会为了我跑整个菜市场挑最新鲜的虾，笨手笨脚地把虾仁一个个剥出来，把最美味的虾饺送到我面前！你说女人有多好哄？是昂贵的香水，还是驴牌的包包？在她能感受到温暖的时候，物质从来就不是最被需要的。

　　生活永远不会成为童话故事，像文尔小姐这样的文艺女青，大多是不作就不会死。他们开始有争吵，可暖男总是会把怨气憋在心里，仍然用他的温暖包围你，文尔因此还无数次地责怪自己不够大气，一边享受G先生无微不至的照顾，一边又淘气得像个孩子！日子开始趋于平淡，却不是索然无味。

　　有一天，又是一次争吵，文尔小姐像往常一样提出分手，可

G先生居然没有挽留，文尔第一次感觉到恐惧，仿佛是要离开氧气的窒息感。原来，G先生早就做好分手的准备，只是一直在等文尔小姐提出来。男人们总是聪明地将选择权抛给女人，而事实上，是他们一步步逼着女人按照他们的心愿做出选择。G先生说他发现他和文尔从来都是两个世界的人，文尔要求极高，无论对工作还是对生活都苛求完美，可他自己却是个容易满足的人，他可以为了文尔好好工作，努力给文尔一个更好的未来，可是长此以往，他觉得失去了自己原本存在的意义。G先生最后说："文尔，我爱你，胜过爱任何人，但我不能和你在一起，因为我给不了你想要的生活！"

失恋后的文尔陷入深深的回忆里不能自拔，她突然发现，与G先生在一起的这段日子里，他已慢慢地融进了她的生活。文尔小姐常常怀念G先生温暖的怀抱，深情的拥吻，多情的眼神，甚至是连梦乡都充满了他的影子。他们一起看过的电影、走过的街道、吃过的美食，都像是泛着七彩光圈的泡沫，像海市蜃楼般美妙却吹弹可破。文尔也会向朋友们倾诉，同样的故事，同样的痛苦与不甘，文尔总是不厌其烦地喋喋不休，可时间一长，原本耐心安慰文尔的朋友开始有些不耐烦起来，从原本的好言相劝变成痛斥，最后W小姐一语点醒梦中人——放自己一条生路，剩下的交给时间。

处于失恋状态的男女往往陷于往日温情的回忆里，不仅不愿意走出来，更容易将回忆美化，不放过自己，也为难了别人。所幸，文尔小姐开始整理自己，她又重新捡起自己爱读的书、喜欢的画和电影，她每个星期都把家里换上不同的鲜花，定期与闺蜜们喝下午茶，时不时与同事逛个街看场电影。文尔将自己一点点捡回来，虽然过程也有不足为外人道的苦楚，可好在她恢复了生气，回到了没有G先生的生活。

文尔小姐与G先生再次重逢是在南京博物馆，文尔大方得体地向G先生问好："好久不见！"G先生还是如当初般绅士，微笑着给予回应。

"嗯，浓度刚刚好，氧气刚好百分之二十！"与G先生告别后，文尔走出博物馆，深吸了一口气。室外阳光正明媚，如同文尔明朗、透澈的心情。无论沉陷在怎样的回忆里不能自拔，都要努力放自己一条生路，不要丢弃原本美好的你，不要既为难了自己又勉强了别人，不要让回忆毁了你。

姑娘，别被暖男蒙蔽双眼

我听过很多关于暖男的评价，当数闫红对贾琏的评价最得我心。他的文章里有这样一段：贾琏这样的男子，到如今，仍然是最具有杀伤力的一类，他和颜悦色，温存体恤，笑容那样迷人，那种暖包围着你，即便你感觉到了他的软弱，也会当一个可以忽略的小问题。有什么办法呢，人世太寒冷，就像眼下的天气，他微微散发的温度，是致命的诱惑，当你身不由己地走近，他就温暖地杀你。

我和大多数女生一样，喜欢温润如玉的君子，他那样绅士，那样美好，就如同太阳般照耀着你全部的世界。这样的男子，即便相貌平平，即便一无所有，即便缺点无数，就"温暖"和"包容"这两点，足以俘获少女心。

前几日，与闺蜜出来喝下午茶，听闺蜜说了她与A先生和B先生的故事，我不得不感慨：对于爱情，有时候还是要多些理智才好。

闺蜜长得娇小玲珑，是典型的江南姑娘，眉眼间饱含深情，写满了诗情画意。从小到大，她的追求者不计其数———这样的女生往往被那些追求者宠坏了，哪怕除了长得好看之外一无是处，也还是会有一种莫名其妙的优越感。你看，一部分的剩女就是这么来的，她们自视甚高，并且绝不向现实妥协。我的闺蜜C小姐当然不是花瓶，却也因为这股傲气硬生生地把自己逼成了父母眼中的"剩女"。

C小姐的父母托人给C小姐介绍了一个公务员，姑且称他为A先生。A先生并不富裕，有套并不太大的两居室和一辆并不高档的车。可C小姐说起A先生的时候，嘴角带着微笑，眼睛里有种叫作"爱情火花"的物种到处乱蹿。

A先生便是个典型的暖男，从认识C小姐开始，虽然屡次遭到C小姐的拒绝，可一直对C小姐嘘寒问暖，照顾有加。

A先生每次约C小姐吃饭都是煞费苦心。他知道C小姐喜欢吃辣，于是他搜集了全南京所有以辣出名的火锅，带着C小姐一家家地吃。不仅如此，他知道C小姐有轻微的洁癖，他总是先用热水帮C小姐烫好碗筷，再用面纸擦干净，然后再毕恭毕敬地将碗筷放在C小姐面前。

两人同行，他永远都让C小姐走在马路里面。他帮C小姐拎包，替C姑娘系鞋带、开车门，甚至连洗内衣这种事他都愿意代劳。A先生会在刮风下雨时提醒C小姐注意防寒，会在C小姐生理期时叮嘱C小姐忌生冷的食物，会在C小姐睡不着的时候陪她聊天，给她讲一夜的故事。C小姐觉得，A先生会读懂她所有的肢体语言，他察言观色的本领在C小姐面前发挥得淋漓尽致，即便C小姐想要天上的星星、月亮，他也会赴汤蹈火，在所不辞。总而言之，所有暖男会做的他都会做，并且心甘情愿，毫无怨言。

从小受童话故事的熏陶，每个姑娘打心眼里都希望找到一个把自己当小公主一样宠爱的人，于是，当这样的暖男出现，你也把自己当作了真正的公主，竟然忘了王子会吻醒公主真的只是个童话。

C小姐当然也是一样，只可惜生活给了她一记响亮的耳光。

A先生有次和C小姐聊到他的姐姐。A先生有个32岁还没有结婚的姐姐，而且每次恋爱都以失败告终，甚至和有些人都已经到了谈婚论嫁的地步，最后却还是以分手草草收场。C小姐向来心直口快，毫无顾忌地问A先生："你姐姐是不是性格有问题才会这样啊？"

C小姐这本是无心的问话不知为何激怒了A先生，A先生一改往日的温婉，半开玩笑半认真地说："你才有病，你全家都有病！"

恋爱中的两个人发生些口角本是无伤大雅，可一直被A先生宠惯了的C小姐突然间就蒙了。她从来没有想过，一直把她看得比自己生命还重要的A先生居然会如此同她讲话。

事后，A先生低声下气地给C小姐道歉，并很快得到她的谅解。可是，每当C小姐与A先生意见相左的时候，哪怕在心底认同着C小姐，他还是会大动肝火，事态发展到最严重的时候，是A先生把他与C小姐所有吵架的细节都告诉了他父母，他们的关系遭到了他父母极力的反对。C小姐深深地爱着A先生，于是，她给A先生写了很长很长的道歉信，并且保证以后绝不会对他发脾气。C小姐好像把自己埋到了尘埃里，可她之后意识到，孝顺的A先生并不会为了她而与自己的父母为敌。

无论C小姐如何努力，A先生再也没有给C小姐任何回应。C小姐一直想不通，温暖如他，怎么比谁都绝情？她也一直不明白，口口声声说把她看得比生命还重要的他，这么一转身便可能就是一生。其实，有什么可奇怪的呢？A先生可以无微不至地对C小姐好，可那些好都不过出于他绅士的本能，说白了，在这段爱情里，他是不费吹灰之力的。

C小姐在很长的一段时间里都无法从失去A先生的阴影里走出来，在此过程中，有位B先生一直陪伴着她。B先生其实是C小姐的邻居，追了C小姐七年，他花了很长时间才能接受C小姐谈恋爱的事实，却又在C小姐分手后第一时间出来安慰她。

可C小姐始终都无法接受B先生，她总觉得B先生不够温暖，而缺少温度的男人总让她觉得缺少了些什么。

B先生确实不会像A先生一样对她嘘寒问暖，可从来没做过家务的他却在C小姐犯胃病的时候，给她煲汤、煲粥；B先生从来不知道帮C小姐拎包，却在C小姐被误诊为乳腺癌的时候，拿着C小姐的报告各个医院跑，对C小姐不离不弃；当然，说甜言蜜语更不是他的强项，在C小姐难过的时候，他总是不知道如何安慰她，心里却着急得像热锅上的蚂蚁。

B先生不是暖男，与他相处的时间越长，C小姐便越怀念A先生的温暖，这样的对比，常常让C小姐不知所措，无所适从。可旁观者都看得很清楚：A先生也许也爱C小姐，可这样的爱从来没有超越爱他自己；B先生的爱虽然不够强烈，却是细水长流，并在沙漠里开出花来。

你看，暖男果然是戒不掉的毒品吧，虽然能让你体验一时的快感，却也会让你产生依赖性，最终，你还是因为无法自拔而一错再错。

且从A先生和B先生说起。A先生确是温柔体恤、温润如玉，可他的温暖是他的一种涵养，或者说是一种习惯，他没有刻意地为C小姐做出任何改变，C小姐所感受到的他所有的好，都是出于A先生的本能——他的温暖不仅仅是对C小姐，也是对其他人；他的绅士风度也不会只对C小姐展现，而是会对所有人自然地流露。这就是A先生对C小姐的喜欢，没有什么特别，就像会游泳的会去救溺水的人一样。

可B先生呢，他给了C小姐最好的陪伴，他为了C小姐学习做饭；他始终忍受着C小姐的坏脾气，不离不弃，宽容大度；他在C小姐离开的时候暗自神伤，又在C小姐失恋的时候伴其左右。这才是强烈的爱情，无论疾病、贫穷、富裕或健康，时光永远都夺不走的爱人。

姑娘，你的身边是不是也有着这样的一位B先生？他始终无法取缔A先生在你心中的地位，你常常怀念给了你温暖的A先生，却忽略了始终如一的B先生。可你说，什么是真正的爱情？不是出于本能的对所有人的保护欲，也不是习惯性的绅士风度，而是愿意为你飞蛾扑火和因你而放弃整片花园的长情。

你有没有风情，全凭他看你的姿态

　　就像是掠过佛光的禅院，在僧人的眼里是天堂，可在俗人眼里不过平淡无奇；仿佛是枫叶烂漫的栖霞山，在文艺人的眼里是首诗，可在大众眼中不过是四季变换的正常规律；就如风情万种的你，在懂你的人眼里是深情款款，可在不懂的人眼中，任凭你如何频频回首，都不过是徒劳无功。

　　所以，姑娘，请不要妄自菲薄，你的风情应该只为爱你的人而卖弄，因为最美好的爱情不过是，你的温情他都懂，他的体贴你明了。

　　S小姐是我的研究生舍友之一，从小便是集万千宠爱于一身。无论世态如何变化，美貌总能给别人留下深刻的印象，若利用恰当，还会转变成可遇而不可求的机会。S小姐就是位天生的美人坯子，柳叶眉下有双含情脉脉的眼睛。那双忽闪忽闪的眼睛总是深陷在那里，让人猜不透、摸不着，却又不知不觉地被吸引。高耸的鼻梁总被人夸赞是整容的模板，还有那张樱桃小嘴，俏皮的时候总是噘得老高，可以挂起来一个油瓶。

S小姐让人羡慕的不仅是这倾世的美貌，还有她的多才多艺——弹得一手好琴，吟得一些好诗。当然，这样不可多得的佳人总能获得青睐者无数，S小姐却是百"草"丛中过、片叶不沾身的姿态。在看到无数高富帅前仆后继地被S小姐拒绝之后，我们便再也不相信还有谁能捕获她的芳心。

我还记得那是在我们毕业一周年的聚会上，大家都喝高了，S小姐突然一本正经地清了清嗓子道："都听好了啊，本小姐从今天起脱离单身！"

此话一出，我们都被吓得够呛，七嘴八舌地开始发问，就像查户口的大妈一样，恨不得将S小姐男友的祖宗八代都剖根究底一番。可依S小姐的描述，此男不过是普通宅男一枚，既没惊天动地的相貌，也无惊世骇俗的才气。我们本着眼见为实的原则非要见上此男一面不可，S小姐倒也是大方之人，不久便将S姐夫带入我们的朋友圈。

一接触便发觉他连平淡无奇都谈不上。S姐夫毕业于一所三流的专科学校，既非官二代也不是富二代，有一帮喜欢吃喝玩乐的狐朋狗友，做着一份不算太稳定的工作，总体来说，就是无房、无车、无体面工作的纯屌丝男一枚。

　　我曾私下里直言不讳地问过S小姐："无论是那些年还是这些年里追你的男人,没有一个不如他啊,你怎么就委身于他了呢?"在我看来,S姐夫无论从哪方面都配不上明艳亮丽的她。

　　S小姐却开怀大笑:"我知道,在你们所有人看来,他无论在哪个方面都配不上我。但是,我想跟你说的是,在大部分人以合适和将就为前提,去谈一场淡而无味的恋爱的时代里,我能遇到我爱并且爱我的人便是最好的邂逅。你若非要问我喜欢他哪里,我只能说我无可奉告!"S小姐耸了耸肩,摆出一副调皮可爱的模样。

　　"你这是强词夺理!"我捋了捋头发,逼问道。

　　S小姐无奈地叹了口气:"论学历,他相较我是不高;论家世,他付不起一套房子的首付;论工作,我也比他稳定许多。可他却给了我初恋的感觉,在你们眼里他不解风情、呆若木鸡,可在我眼里他却幽默风趣、温润如玉。你说,到底怎样的人才算是般配?才子佳人还是佳偶天成?这都不过是世人的评论罢了,他有没有风情,全凭我看他的姿态啊!傻丫头,在爱人的眼里你是无与伦比的明星,可在别人眼里你也不过就是平凡人不是?"

　　S小姐的话竟让我无言以对,我想起前几日寄来新婚请帖的W小姐。W小姐是我的大学同学,在那个懵懵懂懂的年纪,同班男生在背后给她取了个难听的外号——黑妹牙膏。因为W小姐天生皮肤黝黑,再加上并不出众的五官,自然被纳入了"丑女无敌"的行列。以大众的审美观来看,W小姐应该很难找到爱她的男人，但W小姐却成了我们一帮同学里结婚最早的那个姑娘。

她寄来的喜帖里，有张他们的结婚照，照片上温婉的她依偎着帅气阳光的W姐夫，从审美学角度可能有些许违和感，可W姐夫对W却是真好。正如W小姐所说，他与她才是真爱，因为她没有吸引人的外貌，他爱上的便是真真切切的她。什么是真真切切的她？不过是在别人眼里算作丑女的她，在他的眼里却是独一无二的。

"般配"一词，是人们凭世俗的眼光，用各种条条框框给相爱的两个人下的各种定论。正如S小姐与S姐夫、W小姐与W姐夫，这世上多的是在我们眼里并不般配的爱人，可在这烟火红尘的平凡世界里，他们深情款款地向对方走来，无论以何种姿态，在相爱的人眼里都是风情万种或是玉树临风的，这大概就是对"you're the apple of my eyes"最好的解释。

如果再见还会红着脸，就不必藕断丝连

前任到底有多大的魔力？这事直接反映出前任在你心中的分量。所以，归根结底还是荷尔蒙的作祟，还有爱情的无所不能。

时间其实才最可怕，它总能将你与他的回忆变模糊，哪怕当初你认定了非他不可，但最怕你自我折磨，与他藕断丝连。

我有一个好朋友菲菲在分手后一直处于空窗期。菲菲虽然算不上貌美如花，但言谈举止还算得体，性格也开朗、活泼，一直是身边朋友的开心果。眼看着要好的闺蜜一个个走上了红毯，她还是不急不躁。每每参加别人的婚礼，她都感动得哭得稀里哗啦，每次我们都乘机催促："菲菲，你准备什么时候找到你的如意郎君啊？"

她总是莞尔一笑："不急不急，命里有时终须有，命里无时莫强求。"一副皇帝不急太监急啥的表情。

每每听她这么说，我都气不打一处来："算命的说您命里多金，您就躺家里啥也别干，天上还真能掉黄金不成？"

然后，我们一帮朋友开始苦口婆心地劝她："菲菲啊，眼光不要太高……"

可无论我们说什么，她永远都是一副以不变应万变的样子。久而久之，大家便不再相劝，也不再自讨没趣了。

有一次，我们一起参加大学同学的婚礼，新娘是我们共同的朋友。

婚礼上，司仪让新娘说一件糗事，新娘思索良久："有段时间我在网上看婚纱，让他也帮忙看看有没有他喜欢的。结果，我偷偷登了他的淘宝账号，发现他收藏了一堆——胖MM婚纱、婚纱大妈、孕妇婚纱……原来，他说我不胖都是骗我的！"

新娘话音未落，台下已经哄然大笑。

我原本以为新娘会说些劲爆的事情，结果竟然是在秀恩爱，我愤愤不平地摇着菲菲的胳膊抱怨道："这哪里是吐槽，简直是换一种方式秀恩爱！"

我正期待着菲菲给我一个同样的回应，却发现她正在发呆，眼泪在眼眶里打转。我又使劲推了推她："没事吧？感动成这样！"

菲菲这才缓过神，幽幽地看了我一眼，泪水止不住地往下流。我赶忙从包里抽出面纸递给她，她握着我递面纸的手喃喃地说道："我们一起去苏州看过婚纱，我看中一件拖长纱的鱼尾，但我知道他没钱，所以忍住没买。但他却看穿了我的小心思，我生日那天，收到了那件婚纱。人这一辈子，怦然心动的感觉一旦根深蒂固，就很难再在别人身上找到爱情的影子了。"

我拼命地在脑中搜索，过了很久才想起来那个与菲菲分手多年的俊伶先生。我甚至都记不清他的轮廓了，只是依稀记得有那么一个人，算不上出类拔萃，却深得菲菲的喜欢。后来，不知道他们因为什么分开了，而接下来的这些年，菲菲的世界也与爱情绝缘了。

我恍然大悟，原来以为菲菲不近男色，其实她是对前任念念不忘。

那晚，菲菲喝了很多酒，酒宴结束后，她又拉着我喝了第二场。

看着她想一醉方休的模样，我实在是心疼。原来，有些思念是不痛不痒的，旁人明明什么都看不见，只有你自己知道，所谓突然好想你都是良久的念念不忘。

我问菲菲："这些年你们还有联系吗？也许他已经忘了你，也许他已经娶妻生子，那么，你的坚持还有什么意义呢？"

菲菲摇晃着手中的啤酒杯，苦笑着："这些年，我常常想，若是有一天，他能亲口告诉我，他不再爱我了，也许我就能放下了。所以，人的情感有时候很奇怪，等待的时间长了，反而觉得给个痛快也是一种解脱。"

我试探着问道："你的意思是这些年你们一直都有联系？"

菲菲瞄了我一眼："你说的不对，不是一直都有联系，而是每时每刻！我们就好像是一对儿隐形人，刻意地不相见，但彼此都不愿意离开对方的世界，于是，我们就这样互相耗着——噢，不，是熬着！"

菲菲有些醉，也许只有在酒精的麻痹下，她才有勇气将这些事和盘托出吧。

我帮菲菲理了理凌乱的头发："如果彼此真的放不下，那就义无反顾地在一起吧。你们这样互相折磨什么时候才是个头！"

"不能在一起，我们不能在一起，我们回不去了，我们之间发生了太多太多太多的事，我不知道该从哪里说起，我只知道，我们永远都无法再有结果了！"菲菲打断我，斩钉截铁、无可奈何地说道。

只有年轻的时候才会误认为爱情只是彼此的感觉，长大了才会明白，爱情是婚姻充分不必要的条件。我深知这点，所以我绝不会浪费时间纠结于询问菲菲他们之间到底发生了什么："你们都是成年人了，既然知道这段感情不能开花结果又何必再勉强自己？世界那么大，你不去看看怎么知道没有第二个soulmate？"

菲菲给我倒了一杯啤酒："来，续上！这些年，他在相亲，我也在相亲。前几天，他说，他想定下来了，于是，他认认真真地相了一个姑娘。我问他要那姑娘的照片，他竟然发了好几张过来。其实长得一点都不好看，不好看……"说到这，菲菲已经泪流满面，"我想告诉他，她配不上，但我只能保持沉默。我能说什么呢？说什么都是自私的，说什么都会耽误他，我不想再耗着他了！"

菲菲又给自己倒了一杯酒。酒吧的驻场歌手唱着："假如我不曾爱你，我不会失去自己，想念的刺钉住我的位置，因为你总会提醒，尽管我得到世界，有些幸福不是我的……"

菲菲毫无理智地跟着驻唱一边放声唱，一边痛哭流涕。唱到最后一句的时候，菲菲有气无力地自嘲道："假如有来生，我要好好爱你。"

那晚，醉得不省人事的菲菲不停地唤着前任的名字，我们做朋友大概也有十年了，那样情绪崩溃的她我还是第一次见。

过了段时间，有一天，菲菲在QQ上问我："你说我和他还要再保持联系吗？这些年，我们一直参与了彼此的生活，我们互相鼓励、互相安慰，好像比以前还好。后来，我们陆陆续续认识了很多人，但总能在别人身上不断地挖掘缺点，以此来证明我们彼此有多好。但事实上，如果真如我们想象的样子，当初我们又怎么会分开？"

"所以，您这纯属得不到的在骚动吗？"我调侃道，我知道以菲菲的性格，她这么问，其实已经走出来一大半了。

"呃，其实也不完全是。人有时候真的是要绝情再绝情一点，如果当初分手后我们就彻底断了联系，也许现在都遇到彼此的soulmate了。只可惜，我们一直对自己不够狠，一切随着自己的心，难过的时候，失落的时候，有好消息要分享的时候，我们总还是自然地想到前任，彼此你来我往便越来越离不开对方。"菲菲打了个冷汗的表情过来，而我却甚是欣慰。

"所以你终于明白——如果再见还会红着脸，此生我们就不必再藕断丝连了吧！"我故意发了个傲娇的表情过去。

菲菲发来两个字："精辟！"

人一定要学会的一件事就是为自己的人生负责，如果再见还会让你小鹿乱撞，此生就再也不要互相牵挂了，一旦再见，你们便只可能沦为炮友。人类七情六欲的力量有时候很可怕，它会摧毁你坚守的道德，它会用魔鬼的方式让你不断地沦陷。

所以，下次分手，记得清干净前任的所有联系方式。无须刻意地去遗忘，终有一天，当你想起那段爱情，你能记得的只有那时候的自己；也永远不要试图继续保持暧昧，如果真爱过，你们便早就失去了以朋友的名义互相取暖的资格。

既然曾经相爱，便不枉此生，就莫要用你们的任性和不舍亲手去摧毁曾经美好的回忆吧。

他其实没有那么难忘

我想，每个人的生命中都有过一段刻骨铭心并且无疾而终的爱情。在那段感情结束之初，你或许整天黯然神伤、魂不守舍，或一夜买醉，醉的时候念着他的好，酒劲过了更希望他就在你身旁陪伴。相爱的时候，总相信一定会地老天荒，即便哪一天不得不分开，也觉得此生再也无法忘记彼此，可是，后来时间还是给了彼此一个大大的耳光，"永垂不朽"这个词太大，到最后你才确信，平凡的我们本就没有永垂不朽的爱情，所谓念念不忘，也不过是时间未到而已。

上大学那会，我的男闺蜜晓达先生曾经深爱过一个叫春晓的姑娘。学生会招新的时候，晓达先生对春晓姑娘一见钟情。已经大三的晓达先生是学生会主席，虽然其貌不扬，却才气十足，在

N大学也算是个风云学长。

据晓达先生所说，他在整理招新报名单的时候，发现了一位名叫佟春晓的美女，晓达先生立刻想起那首诗——你达达的马蹄是个美丽的错误，你不是归人，是个过客……春晓姑娘的大头照在报名单上熠熠生辉，这位还未蜕去稚气的高中女生深深地吸引了晓达先生，那么炎热的夏天，因为她的出现而变成了最美好的春天。

大学里出现的爱情往往简单明了、直奔主题，春晓姑娘哪能经得住晓达先生的穷追猛打，郎才女貌，这段佳话很快便在N大学传开了。晓达先生对春晓姑娘呵护有加，他不仅担当了男朋友的角色，还同时兼具了灵魂导师的重责。我一直觉得这就是最好的爱情——朋友一样的恋人，恋人一般的家人。和许多情侣一样，他们也会吵架，可无论吵得如何激烈，他们仍然会和好如初。在爱情愈来愈浓烈的时候，晓达先生毕业，成为一名公务员，春晓姑娘大二，开始准备考雅思。

在很长的一段时间里，晓达先生和春晓姑娘都不愿提及有关于他们的未来，好像这是一个禁区，一旦捅破便只能说再见。春晓姑娘的父母都在国外，而且母亲身患顽疾，所以他们希望春晓姑娘毕业就能去国外读研，一方面一家人能够团聚，一方面春晓的妈妈也需要来自女儿的照顾。晓达先生知道，春晓姑娘这么一走便再也不会回来了，可是，就如同春晓姑娘有不得不走的理由一样，他也有不得不留下的理由。人啊，从来都不能只为自己而活，父母把我们带来这个世界，也同时将赡养他们的责任托付给了我们。

晓达先生搜罗了N市所有好玩、好吃的地方，他记下了春晓姑娘所有特别的愿望，他做了一个名叫"春晓"的画册，他们每去一个地方他就贴一张照片，写一句他们之间的秘密。春晓喜欢吃海鲜，晓达先生带她吃遍了N市的海鲜；春晓喜欢看着星星做梦，晓达先生骑了两个小时的单车带她去远离市区的县城看星星；春晓不喜欢学雅思，晓达先生索性跟春晓报了同一个班，督促春晓学英语……我曾问过晓达先生，就这么把喜欢的人送走是什么样的感觉？晓达先生始终未回答。

春晓考过了雅思，却一直未与晓达先生分手。直到有一天，晓达先生喝醉酒号啕大哭，那是我从未见过的他。我一直问，怎么了怎么了，他一直说，她走了她走了。我冲去酒吧找他，我扶着他一路走，他抱着我说："我不是想把她送走，我别无选择，只能陪着她完成她现有的梦想，然后留下的是只剩下躯壳的自己……"

晓达先生沉寂了半年的时间，他不再活跃在我们的朋友圈，他总是把自己放在家里，除了工作就是沉默。我们曾想过很多办法"拯救"他，却总是以失败告终！失恋这件事，大概只能靠自己走出来，我曾经一直深信，无人可以代替春晓姑娘再次出现在晓达先生的生活里。

晓达先生昨儿约我们泡温泉，带来了一个极其普通的姑娘，长相普通、身材普通、气质普通，与春晓一比，更显得平庸。那姑娘叫他darling，晓达先生叫她小朋友，他们相拥在温泉池中，我从晓达先生的眼睛里看到了之前的柔情。我忽然有点心疼——为我们每个人逝去的青春。年少的时候爱一个人，总觉得一牵手便是天荒地老，总觉得此生无人再能代替，可时间会用最残酷的方式告诉我们——这世上本来就没有什么东西是永垂不朽的，我们也许在不经意间走散，之后的人生便再无交集。

　　我不知道荷尔蒙的有效期到底是不是18个月，我只知道，很多时候是我们夸大了对别人的深情，才会在失恋的日子里折磨自己，也不放过别人，可时间却是打破幻想最有力的武器。许多年以后，若在某个深夜醒来，你想起那位美丽的姑娘或者闪闪发光的先生，也许还会感慨人生，感怀下自己的青春，可依然还是会与身旁长相平平的夫人或先生相拥过完下半夜！人生，真的没有什么东西是永垂不朽的，人心可变，岁月可迁，把曾经的她或他当作此生最美的馈赠吧，不能辜负的仍是此刻陪在你身边的人……

贫寒的人如何去谈风花雪月

20岁的时候，如果心爱的人拿着易拉罐瓶盖向你求婚，这一定是你所能想到的这世间最浪漫的事吧。

28岁的时候，如果有人拿着卡地亚的钻戒向你求婚，你估计都会思索良久，因为这些年历经无数的你开始怀疑所有的事，包括每一件可能会让你幸福的事，你深信耳朵听得到的未必是事实的真相。

20岁的单纯不必背负过多成长的负担，28岁的成熟却需要无数的幻想去支撑残酷的现实。可所有的这些也许不过是一场岁月的馈赠，若一世都活成20岁的样子，未免有了太多的矫情，不谙世事也未必还是当初的可爱。但到底是为什么？在长大的这些年里，你不得不承认人生的无奈不可避免。

我要讲的不是故事，而是有些残酷的现实。

我有位朋友，芳龄28，典型的北方妹子，高却没有气质。她没有南方女子的柔情，却完全具备北方汉子的坚强。不妨将坚强换作逞强，因为妹子并没有足够强大的内心和让自己过上好日子的能力。

再来介绍下她的男友，爱面子的大男子主义典型，高却不帅，普通到如同这世间的尘埃，哪怕落定都无人会在意。两人有个共同点：同样出身贫寒，同样入不敷出，同样需要不停地缩减自己的开销，以承担整个家庭。

这样一对本以为可以惺惺相惜的人，曾在每一个黑夜里彼此安慰，他们是彼此的恋人，更是活在这个城市里的一对战友，虽然身经百战，却屡战屡败。

他们是同事，当初也是妹子追求的他，原因很简单：妹子无比倔强地相信，他们一定是有着相同人生遭遇的一类人，他们可以相互取暖，彼此珍惜。

我曾怀疑过，在那么大的单位里，她是如何确定他们是一类人的。

妹子回答说，贫寒又骄傲的人没有太多的衣服，但一定每一件都洗得极其干净，哪怕被别人看穿也会故作镇定地保护自己。当她打量他干净的衬衫时，他下意识地躲避了她的眼神。所以，妹子料定，他一定如她一般贫寒。

后来，妹子如愿追上了他。在某个冬天的夜晚，妹子打电话给我，欣喜若狂地告诉我："他说Yes的时候，仿佛整座城市都亮了，我再也不是随处飞却无人怜的蒲公英了。我就知道，活下去，等月亮再升起，终有一日，会春至，我会有家。"

妹子从小就不知道疼爱是何物，因此，她对爱的渴望就如同她对钱的欲望一样强烈。妹子长这么大虽然暗恋无数，却从未真正地谈过恋爱，究其原因，她的自卑心理一直在作祟。于是，妹子终于找到了如她一样的人，并且让他成为了自己的初恋。

妹子像个孩子，在奔三的年纪，在那个不属于她的城市里渴望谈一场20岁的恋爱。

两个如此相似的人不仅可以互相取暖，还能轻而易举地看穿对方的内心。他像她一样，视金钱如生命，没办法，他每个月都要给父亲寄去昂贵的医药费。

不幸的家庭有时候更容易雪上加霜，妹子的家人前段时间得了重病，妹子把自己的积蓄都拿了出来送给了家人。屋漏偏逢连夜雨，长期的劳累也同样侵蚀着妹子的健康，妹子最终还是累倒了。

妹子说，她被送去医院的那天晚上，天很冷，医院更冷，在那个充斥着消毒水味道的医院里，她没有一个家人，除了他。要办住院手续的时候，他跟她说，他兜里只剩下最后的一千块钱，其他钱都寄回老家了，剩下的住院费只能再想办法。

妹子说她当时觉得医院好像变成了殡仪馆，她看着如同行尸走肉的自己，不知道该不该去埋怨他，他们都是被家庭重担压垮的人，他和她一样可怜，她帮不了自己，也无法指望他带她脱贫。

妹子噙着泪用刚办的信用卡支付了剩余的住院费，然后在他的搀扶下踏进了病房。妹子心想：她的世界里本就冰冷，现在有他了，哪怕只是陪伴也好。

妹子住院期间，除了花钱之外的事他都做得很周到，只是不能谈及钱，一旦医院催药费，他便会借故离开。

妹子出院后已经负债累累，妹子第一次开口问他要钱，他回答说，他也没有钱。

妹子说，不是走投无路她也不会向他要钱，他的态度让她突然觉得她也许不能把这一生托付给他。

他无奈地向妹子解释，他真的已经一贫如洗了，他们都不能成为彼此的拖累，他们要一起奋斗，在这个城市买房。

妹子一时语塞，她能责备他什么呢？妹子工作这么久并没有存下钱，微薄的积蓄全部都给了她的家人。而他的积蓄也不得不全部拿去替他的父亲治病，帮助他妹妹改善生活。

妹子问我还要不要将这段感情继续。妹子平静地告诉我："我也不想坚强得像个人偶，可我的撒娇好像对他并没有太多用处。我想要的爱情很简单，只要他的世界里有我就好，只要我们能在这个城市有个家就好。"

妹子接着向我抱怨他的不解风情，诸如从不会给她惊喜，就连她的生日也仅仅只有一句祝福而已，更让妹子绝望的是一直说要年底结婚的他从未带她去看过钻戒，就算偶尔路过珠宝店，他也会刻意地去回避。

我问妹子，你们是不是都是骨子里把金钱看得比一切都重要的人？

妹子不假思索地点头应是，她说，她承认她也如他一样把钱放在首位，但她希望他们之间的爱情是纯粹、简单的，哪怕他仅仅给她一点小惊喜，而这个惊喜不需要花费太多钱。

我莞尔一笑，这些话我又怎么能忍心亲口告诉你，连生存都是件难事的他哪有心思去给你制造惊喜呢？他自小与家人相依为命，你又如何能敌过这么多年他们彼此的陪伴呢？

我问她，当你心甘情愿把好不容易存下来的钱都给了家人，连自己生病都没有现金支付之时，你可曾后悔过？

妹子当然毫不犹豫地摇了摇头。没有人会像她的家人一样了解她，她所有的不容易都被家人看在眼里，即便谁都无法改变这样的窘况，但他们却在这样的日子里成为了彼此最重要的牵挂。她从来不是个体，那样的家庭走出了一位大学生，她便成了全家的希望，她必须倾尽所有去帮他们改善生活。

我再问她，既然你能心甘情愿地为你的家人付出，为什么他不可以？无论是帮他爸爸治病，还是帮他妹妹改善生活，所有的这些也是压在他心头的重担，都是你本应该可以理解的啊。

妹子听完抱着我大哭："我也是女孩子，也想用好的护肤品、穿好的衣服，但这些在别人眼里顺理成章的东西却需要我很努力才能获得。你知道吗？我给自己买30块的衬衫，给他买90块的衬衫。他从来不敢问我，为什么我总是穿着那两件衬衫，因为他真的不敢带我去商场买衣服。我们经常加班到凌晨，在一起回到拥挤的出租屋之前，会爬到单位顶楼的阳台，欣赏整个城市的夜景。那么大的城市却好像容不下我俩，我常常跟他开玩笑，我让他好好努力，以后我们要住上哪哪哪的别墅。他心情好的时候也会哄哄我，末了还是会叮嘱我要好好工作，我们都不能成为对方的拖累。"

姑娘，我该如何安慰你呢？这个世界从来都不是作者笔下的小说，你们都有来自家庭的牵挂，人性里利己、自私的一面无法被平凡的爱情打破，他不可能为了你牺牲家人，你也同样无法为了你们的小家而放弃病重的亲人。

在这繁华的城市里，贫寒的人哪有资格去谈风花雪月？一顿浪漫的烛光晚餐，一场培养感情的电影，一件温暖人心的小礼物……所有情侣间最简单的互动他们都消费不起，在他们眼里什么都抵不过温饱。

他们像行走在寒冬里的两个刺猬，既想互相依靠，走太近又会伤着彼此。两个为了生存而辛苦拼搏的年轻人无法选择他们的出身，也不知道上天是否愿意眷顾那么努力的他们。

28岁的我们早就过了耳听爱情的年纪，对对方苛责过多只会让自己遍体鳞伤，而贫寒的你唯一能做的就是继续勇敢地向前奔跑，也许有一天，在这个城市里你再也不用担心生存的问题，也有了属于自己的家，而在这一天到来之前，你又怎么会有心思去谈一场风花雪月的恋爱呢？平凡的爱情需要彼此坚定地相守，浪漫的爱情不过是富人生活的一部分而已。

偌大的城市里，定然少不了如同妹子和她男友这样生活不易的年轻人。只愿你们的努力能换得今后的安好；只愿当你们玩得起浪漫的爱情时，陪在彼此身边的还是当初那个牵手爬到屋顶、幻想能在这个城市里安家的人；只愿在你的欲望一点点膨胀之时，你还能不忘初心，护家人一世安稳，此生不再负人……

今天我们聊聊真女王与假公主

我从不喜欢轻易评价任何人，并且深信不了解便无发言权。尤其是对完全不了解的驴友，我们不过是通过别人的嘴巴和眼见的一些也许并不为实的事情，才对他们略知一二而已。但旅行真是一件奇妙的事情，有时候，你真的可以通过一场旅行真正地去认识一个人。因为旅行之中毫无准备的随性之举才最能反映出一个人的真性情……

我曾经和一个驴友团一起去欧洲旅行，同行的有一位叫作张妗的女孩，打第一眼见到她，我就特别喜欢她。为什么喜欢她呢？因为她柔情似水、笑靥如花。她有张标准国民美女的脸，也许是家世较好的缘故，她周身散发出浪漫主义的气息和情怀。这样一个原本只能存在于书里的林妹妹怎叫人不喜欢？我想骨子里就充满保护欲和占有欲的男人们都爱极了她撒娇的样子，所有内心对自由有向往的女孩们都羡慕极了这个可爱中带着一些自我的女人。

与我所认识的其他姑娘不一样，张妗过得很随性，遇事从不逞强，特别擅长撒娇与示弱。在意大利的时候，她与我们走散了，独自走失在灯红酒绿的异乡街头，她一个人抱头痛哭。我本不喜欢太过依附别人生存的女孩，但她的不独立恰恰表现出了小女人的一面。她自顾自地流浪在街头，她用蹩脚的英文请求路人带她回酒店，但由于路途较远，路人便建议她打的士回去。

与我们走失之时，张妗恰巧把包落在我这边，身无分文的她用撒娇的方式向路边店里的老板借钱。好不容易回到旅馆，她抱着我们声泪俱下，大家都不停地安慰她，责怪自己没有带好她。大概，在很多人眼里她就是个还没长大或许永远都不会长大的孩子。

她曾让我想起我身边无数与她不一样的女孩子。她们受了委屈从不说出口，把自己关在亲手建立的小黑屋里舔舐伤口。但张妗就不会，她哪怕噙着眼泪也会撒娇似地柔情蜜语。在很长一段时间里，我深信，如张妗这般能让空气里都充满暧昧气息的能力，是很多女孩这辈子都修炼不到的境界。

第一次与张妗的旅行结束，我曾认定，她大概是生活在自己编织的梦乡里的人。分别之际，浪漫的她在意大利挑选了代表不同寓意的彩色盒子，并在盒子里装了在西班牙海滩游玩时收集的细沙、在北京时亲手在菩提树下摘的菩提子。不仅如此，她还毫不吝啬地向我们所有人表白："谢谢你们给了我最炽烈的爱，你们是我生命里最好的过客，我爱你们。"

我总觉得岁月会在每个人身上刻下印记，至少，在横冲直撞才知人生是磕磕绊绊的日子里，我们应该学会坚强、独立、不矫情。也许人生真是不公平吧，时间并没有在张姈的身上留下痕迹。

如果可以，我愿意时光倒流，那样的话，我便不会选择与张姈开始第二段旅程，因为第二次的旅行反而毁了她在我脑海里的模样——我印象里的张姈原本是不食人间烟火、天然去雕饰的仙子。

因为第一次旅行的愉快，后来，我与张姈成为了朋友，当我提出要去日本旅行时，她迫不及待地加入进来。同行的除了几个男生外，还有新认识的美女林佳，尽管林佳也足够端庄、典雅，可我并不喜欢她那副迎合所有人的嘴脸和天生的娃娃音，就那时来说，对比林佳我更喜欢张姈的真性情。

几天的日本之行玩下来，我竟慢慢钟情于林佳这个魅力十足的女人。在当地人安排的篝火晚会中，林佳以公主扮相惊艳四座。主家人指着我们三个女生问同行的几个男生，几个姐姐中最想娶回家的是谁？

没想到，这几个男生居然不谋而合地都选择了林佳。是啊，一路上，林佳对我们所有人都照顾有加、细心呵护。原本并不喜欢她的我，都愿意与这个本应具有攻击力的美女和睦共处。

其实，林佳是个名副其实的大家闺秀，因此初始时，我们都对她有所防范，总觉得这样一位高高在上的姑娘一定会与我们有隔阂。

而旅行的魅力在于在旅途中展现出的无法掩饰的自己。林佳被我们所有人定位成一个暖心的姑娘，这点仅凭初次见面她就贴心地为大家煮咖啡可见一二。虽然有一副娇柔的模样和天生的娃娃音，但她却从未任性地撒娇或者无理取闹过。她总是很安静地听着我们所有人讲话，她总是在所有人需要帮助的时候默默地赠人玫瑰，她总是看似柔软，却实则无比独立、坚强、乐观。

旅程下来一半，有次，我们组织茶话会，队友们都感慨变化最大的就是林佳。她从一开始连讲话都会很小声的女神摇身变成会哭、会笑、会闹、会折腾的合群女神经。至此，我再也不会讨厌她的娃娃音，再也不会觉得她配不上少女才有的娇羞，再也不会怀疑她是否虚伪或者做作。她是接地气的公主，与生俱来的贵族气质并没有让她高高在上，相反，好的教养使她成为了一个亲民的人。

还有一次，我们去咖啡厅喝咖啡，刚好咖啡师略懂占卜术，当占卜师给林佳占卜时对她说，如果有家人生病会很快痊愈，她突然就红了眼眶噙着泪。那一刻，她好像走下了神坛，不过是个平常人家的女儿，有血、有肉、还有情。

当占卜师说很快会有人向她求婚时，同行的一位男孩更是为了安慰她，竟然单膝跪地道："嫁给我吧……"林佳丝毫不做作地答应了他，虽然她是个并不擅长用语言去表达的姑娘。

林佳在后来的聊天中说，她一直觉得不应该对着大家哭哭啼啼，作为一个普通人，她能做的也许很少，但她还是希望能把正能量的东西传递给大家。

对比林佳，张姈在这次的旅程中却让我们大失所望。她永远都毫不掩饰自己的情绪，当然包括她非常负面的东西。篝火晚会那天，我问她："张姈，你觉得跟我一起的两次旅行，你更喜欢哪一次？"

她居然毫不避讳地当着所有人的面回答我："第一次比第二次玩得开心。我觉得第一次的驴友都很正常。"

此话一出，我们全体咋舌。作为唯一一个跟她相熟的旧友，我更显得尴尬。如果说在第一次旅行中，大多数人都曾对泪雨梨花的张姈有过怜爱之心的话，那我选择带她加入我们的日本之行便是个错误。我突然意识到，她与我并非真正的情投意合，不过因为我是这趟旅途中唯一对她照顾有加的那个人，而一直在聚光灯下长大的她突然意识到，只有我这么一根稻草还在乎她罢了。

为了缓解尴尬，林佳有意避开了话题，大家也顺势与林佳相聊甚欢。没想到，张姈再一次觉得自己受尽冷落，竟又号啕大哭起来，而这已经挑战了我们所有人的极限。

是的，与林佳不同，张姈是需要集万千宠爱于一身的公主。林佳会因为顾及别人的感受而选择妥协，甚至是委曲求全，可张姈只会一而再、再而三地强调个性、浪漫与自由；林佳骨子里是个独立、坚强、渴望被爱的人，而张姈的心里住着一个一身公主病的公主；林佳深知作为由陌生人变成朋友的驴友你需要隐藏自己不好的情绪，把正能量传递给大家，但张姈只强调自由与随性，她不仅需要你去赞叹她随风起舞的浪漫情结，还要求你懂得欣赏她，最好是能融入到她的世界里去。

想来，她俩恰巧是两种不同类型的女性代表。女人到底要不要过得像公主？在我看来，你可以有个公主梦，可千万别把你的公主病展现给任何人看。生活不需要你一直矫情，也不需要你无止境地卖萌、撒娇。在这个每个人都可能怀揣自己梦想和小心思的世间，真性情固然是件好事，但你的真性情不应该以给别人带来麻烦为前提。因而，在我看来，比起这样的真性情，凡事若能做得恰到好处，能为大局、为别人收敛起自己的一些小情怀、小个性的人才真正的不易。

真女王与伪公主之间相差了无数个矫情，伪公主与真女王之间相差了太多的善解人意……

闺蜜说3：

即使跌倒或失意，
姿势也要优雅

生活失意不可怕，
可怕的是我们陷入
期期艾艾的
抱怨心态中，
对人对事
抱持不公允的观点。
其实，
你可以跌倒，
但记得优雅。

你所厌恶的八面玲珑，你所愤恨的不公平

年轻的时候阅历不多，常常像个刺猬，不停地扎疼别人，用最差的武装给自己画了条安全线。不仅如此，我们还常常向那些八面玲珑、知进退的人投去鄙夷的目光，总觉得"世故"这个词，应该离脱俗的自己远些再远些。

再后来，读了徐晓的《半生为人》，里面有这样一句话——知世故而不世故才是最善良的成熟。我就忽然更喜欢薛宝钗些，她是世故却从不伤人，凡事处理得当，虽是自保却也从未伤人；相反，小时候更喜欢的林黛玉，却让我心生厌恶，她宁愿花费心思去葬花，也不愿讨好别人，最后却是伤了自己也损了别人。

毕业后参加工作，我们又开始抱怨领导的不公平，无论加薪还是升职，都是关乎自己切身利益的大事。我们常常对比，对

比自己与别人的付出与收获，对比公平与不公平。可人往往都是利己的，一旦从自己的角度出发，就总觉得对自己不公平的事太多，回报远远不能与付出成正比。

我的堂姐出生在一个普通的家庭，我的伯父伯母虽然都是普通职工，但却尽他们最大的努力培养堂姐——从小便给堂姐报了钢琴班、围棋班和书法班。堂姐天资聪颖，一路走来都是出类拔萃的才女——小升初被提前录取，升高中又全免就读于我们那儿最好的高中，堂姐顺风顺水，是所有父母口中"别人家的孩子"。我从小便觉得有个光环笼罩着堂姐，而我好像永远都活在那个光环的阴影里。

我们都以为堂姐一定会考取名校，走向更加辉煌的未来，可堂姐高考却失利了，意料之外，堂姐连二本都未能考取。堂姐天天把自己关在家里，我记得有一天我去看堂姐，她问我："你知道我是个梦想一直很清晰的人吗？"

我点头应答，我从来都知道堂姐是闪闪发光的人。

堂姐接着说："我想成为一个外交家，这是我从小到大的梦想，不过现在好像真的是个梦，是个永远都无法实现的梦……"

堂姐的声音有些颤抖，我握着堂姐的手，完全不知道应该如何去宽慰她，只焦急地安慰她："堂姐，你不要想——"

我还没说完，堂姐一把甩开了我的手，眼神可怕得像个魔鬼："你知道吗？人生来就是不平等的，我们班那个学渣，平常不学无术，可是……呵呵，他有一个当市委书记的好爸爸。你知道他去哪里读书了吗？他去美国留学了……如果换作我，如果我也能去美国留学，我将来一定会比他为社会做出更多的贡献，你说是不是？是不是？"堂姐死死地盯着我，好像把我当成了她口中的那个学渣，眼神恐怖极了。

我没有回答堂姐，而是落荒而逃。从此之后，我突然觉得其实我从来都不够了解堂姐，她那永远处变不惊的脸庞下，隐藏着一颗不安分甚至是带有怨恨的心。也是从那一天起，我觉得堂姐身上的光环消失了，再也没有了闪闪发光的色彩。

后来，伯父托了各种关系将堂姐送入了一个一流的二本院校，我一直想问堂姐，作为点招生的她还有没有觉得不公平？

堂姐上大学后，有次我听伯父说，堂姐和她的辅导员吵了一架，原因是学校要组织才艺比赛，辅导员在没有任何选拔的情况下，安排一位女生代表学院去参加比赛。堂姐声称自己的才艺不输于她，辅导员如此处事不公一定是为了讨好这位女同学当官的爸爸。伯父讲这件事的时候，我又想起堂姐当初憎恨那个学渣的模样。

那件事后，我看到堂姐改了QQ签名——与其让别人扇你一巴掌教你长大，不如自己给自己一巴掌然后成长。成长的过程就像掉牙齿，总是空落落的，我想，辅导员应该不会给堂姐一个合理的解释，更不会把那个人换掉让堂姐上。人生本就有很多不公平，可扪心自问，你真的是因为不公平而愤恨吗？还是仅仅因为自己没有得到这样不公平的眷顾，而心有不甘呢？

堂姐仍旧很优秀，揽括了学校的各种奖项——国家奖学金、省优秀学生干部、优秀党员……她仍旧申讨所有的不公，也仍旧讨厌知世故、情商高的人，可四年的大学生活，早已把原本直白的堂姐训练成了一个她之前讨厌的八面玲珑的人。而作为旁观者的我，却更喜欢这个八面玲珑的堂姐，因为这样的她是有血有肉的，无论真心还是假意，她的高情商再也不会让任何人陷入尴尬的境地，她举止大方得体，眼神里也少了当初的锐利。

随着年岁的增长，我所经历的人和事都给了我无数的启发。我们当初讨厌八面玲珑的人，无非是那时的自己还不够成熟，抑或者是因为身边那些八面玲珑的人活得比你好，你只有用表面嗤之以鼻的方式，才能安抚自己那颗羡慕、嫉妒的心罢了。

堂姐后来就职于某交通厅直属的设计院，虽说堂姐个人能力很强，但这样大型的设计院也并非那么容易进去。可想而知，为了她的工作，我们全家也是花费了一番力气。毋庸置疑，这样的单位关系户自然也是少不了，像堂姐这种绕了很多弯的关系简直算不上关系。

工作更不比学校，堂姐眼里不公平的事更多，例如：偶尔评定个优秀员工，你的努力不在领导眼里；年终奖的评定，得到远比不上付出；比赛评奖，不仅要看个人水准，还要兼顾各方面的平衡……这似乎都在挑战堂姐的忍耐极限，她偶尔也会暴躁，没有工作前的心平气和，而我明显感觉到堂姐正慢慢地变老。

有一次，我跟堂姐谈论我的年终奖，我淡然地叙述实情——

我的年终奖比同一届来的同事少了一万，我当然也会有不甘，但我还是选择第一时间与领导沟通，请领导指出我在工作中的不足。

堂姐却很是激动，一直愤愤不平地质问："你一个小女生出差这么多，这么辛苦，凭什么奖金要比别人低那么多？太不公平了，你们部门一定有关系户的存在吧？你们部门一定有不干事就会邀功的人吧……"

堂姐巴啦巴啦地猜测个不停，我脑子里也一一浮现出了各色各样的同事——我们部门的小王是老总的侄子，奖金比我高一万二，可他曾向我抱怨要给舅舅当牛做马；小李极会邀功，深得领导喜欢，奖金比我高一万，可他经常替领导挡酒，直到自己酩酊大醉……想着想着，我竟扑哧一声笑了出来。

我回问堂姐："堂姐，你当初凭着关系进了大学，后来又凭着关系进了设计院，你觉得别人会不会也觉得不公平呢？你说，别人会不会也在背后讨论，你凭什么以大专的分数进大学，又为何能进入交通厅直属设计院？"

堂姐愣住了，她沉思了好一会儿说："在你提醒我之前，我从来没有考虑过这个问题，原来我在抱怨不公平的时候，却在享受着不公平！"

堂姐说完，我俩都捧腹大笑，豁然开朗。

我们永远在追求回报，见不得有别人去践踏我们的努力成果，争抢我们的劳动果实，可生活在这样一个社会里，谁与谁之间是绝对的公平与公正？人是有情感的动物而不是机器，没有一个规范性的公式计算我们每个人的得分。就拿我们所憎恨的关系户来说，他们也在艰辛地维系那来之不易的关系。而最可笑的是，我们一边唾骂关系户，一边寻找每一个能让我们攀上关系的机会。我如此说，并非是在提倡找关系、走后门的不良之风，我只是想聊一聊我们所谓的"公平"，如果你憎恨关系户，那么至少应该摆正自己的心态，以身作则。

如果没有包藏祸心，你所厌恶的八面玲珑是知世故而不世故的表现。与一个高情商的人相处，你往往能感受到快乐、自在与舒服。你不喜欢八面玲珑的人，却又何尝不羡慕他们的八面玲珑？保护了自己又成全了别人，难道不算是一桩美事？

如果别人也在努力，你又凭什么觉得他们所得的成果是不公平的？我们往往从利己的角度出发，给自己过多的肯定，给别人太多的否定。你永远无法脱离社会而存在，甚至受益于某些你所认为的"不公平"，又凭什么总将自己置于受害者的地位而不停地去埋怨呢？

我从不认为人生来就是平等的，但如同《简·爱》里面所说，至少，我们在精神上是平等与独立的。不必厌恶八面玲珑，不必愤恨不公平，你的努力从来都不会被辜负，过程可以漫长一些，但好日子总会因为你的好心态而闪闪发光。

为何你会觉得人生了无意趣

　　我经常反复地思考着同一个问题：什么样的人生才算完满？锦衣玉食、高官厚禄、金榜题名的光芒万丈，还是粗茶淡饭、男耕女织的平凡？

　　关于这些问题，你永远都找不出一个统一的答案。就好像很多人看到梵高的《星空》会潸然泪下，也少不了有人对之不屑一顾。这世间，很多事都因人而异，与其说是命运玩弄着你，不如说是你摆布着自己。

　　无论你憧憬什么样的人生，我都觉得这些憧憬首先应当是抛除杂念而存在的。人只有抛开所有的欲望，假想在生死线的边缘挣扎，你才有可能豁然开朗——你最想要的人生、你最爱的人便会一一浮现。

只可惜，很少有人愿意花时间去寻找属于自己内心的东西，更多人选择如同行尸走肉般循规蹈矩地活着，于是，人生开始变得了无意趣。

每个人都只有一次生命，在生命面前，人人平等。所以，我们需要拼尽全力去活着，活出属于自己的色彩，给自己的人生画上一幅蓝图。正是梦想构成了这些色彩缤纷的蓝图，所以我们不能放弃的东西之一就是梦想！梦想，应该是倔强地长在你心上的执念，这样的执念不应是为了名或者利，而是为了你内心真正想要的东西。

你觉得人生平淡乏味，大概是因为你从未真切地热爱着什么，人一旦没了欲望便成了死气沉沉的躯壳，那么，既然来人间一趟，就不要轻易地放弃梦想。

一、是热爱成就了他们的人生

常帮我剪头发的杰森，仅仅花了一年的时间，便摇身变成了这家理发店里最年轻的高级总监。我本以为已经升职加薪，杰森应该有些变化，但每次去找他理发，他还是如以前一样的专注，永远谦卑、热情，精神饱满。

说实话，在我看来，理发是一件特别琐碎和无聊的事情，不仅如此，很多真心热爱理发的发型师们，内心里常常把自己当作一个艺术家，他们既要顾及顾客的要求，又不愿意丢弃自己的审美。从学徒熬到理发师的过程，也有很多旁人无法理解的艰辛。其实，真正将理发作为事业并且坚持到老的人少之又少。

有一次，我与杰森聊到理发这个职业，我问杰森："理发是不是一个特别无聊的行业？每天都对着同样的头发，工作时间也不固定，一定非常枯燥、无聊吧？"

杰森居然很诧异地看了我半天道："我从未觉得理发是你嘴里说出来的样子，从业十年，我觉得我每天都过得很满足，就是一睡醒就有期盼。工具箱仿佛是我的人生。"杰森又思考了一会自嘲道："您说的也有道理，这可能就是喜欢与不喜欢的差别吧，我喜欢这一行，如果没有这份工作，我估计现在的我应该是穷困潦倒，连自己都难以养活的。"杰森说完转动着他手里的剪刀，仿佛它就是他身边的哆啦A梦。

我们从这个话题聊起，聊到了杰森的学生生涯。他说，人有时候喜欢某一件事情就是一时冲动，一不小心坚持了很久很久，猛然间发现它已然成为你离不开、割舍不掉的习惯。

也许，他对头发天生就有这样的痴迷。高中那会，学校注重学生的仪表，烫发、染发这类事情自然是被明文禁止的。可杰森不干啊！他每天都早早地起床，用水把头发打湿，再伴着发胶用吹风机把头发吹出各种各样的造型来。如果你以为他花费心思是为了帅气或者是叛逆，大概也就没有了后来的杰森了。

杰森说，那时候，他每天都会因为头发的问题被班主任罚站、挂黑板或者蹲马步，他的早自习基本都是在办公室里度过的——在班主任的惩罚下洗净满头的铅华。可那又怎样？第二天，杰森依然顶着他喜欢的发型来学校，重复着他每天被罚的日子。

我问杰森，这样马拉松似的日子是怎样的一种体验？

杰森思考良久后回答我："绝处逢生的快感！我学习不好，从小到大都是差等生，我身边的声音都在告诉我，像我这样的学渣无法拥有像样的人生。可是你说，谁不想把自己过成成功人士？我在跟班主任的这场拉锯战中至少知道一点，也许理发这件事情我可以干一辈子，我的人生也许不会有春天，但至少有那么一件事会让我留恋人间。"

我迫不及待地追问他："你难道没有想过，有可能你这辈子都出不了头，永远都只是一个平平凡凡的每天都过得千篇一律的理发店学徒？"

他关掉手里的吹风机道："那又如何？我做着自己想做的事，我想我一定会做好，我从未给自己设定任何目标，我觉得关于梦想，关于热爱，这些较劲的东西起不到任何作用。"

是啊，如同杰森所说，我们的人生在别人的眼里常常被划上各种各样的条条框框，这些条框是大多数人走向安逸日子的催化剂，比如好好学习考取一所名校，毕业后，顺顺利利地找一份稳定的工作，最后，按部就班地成家、生子。

诚然，这样的人生也许无错但也同样无味，而我所能想到的最好的人生，是将你心头那些个倔强的热爱幻化成花。

再讲一个好朋友的经历。

昊天是我所认识的翻译官里最年轻的，但就翻译本身而言他又是最老练的。工作短短几年的他，已经被提拔为公司总经理的御用翻译，并且负责单位所有的外宾招待工作。

朋友同行间，他时不时地便会飙几句英文、法文，你以为他是在炫耀，但其实他只是如我们说普通话一样展现着他的日常。

所有的特长都需要经过千锤百炼才能获得，昊天练就了一身本领的过程也同样可以写成一本血泪史。

昊天读过无数本外文名著，翻烂过无数本字典，听坏过无数盘外文录音磁带。他孜孜不倦地学习着他喜欢的语言，他乐此不疲地含着筷子和石子练习纯正的外文发音。

昊天也曾有过一段难熬的日子。刚毕业的时候，昊天的工作并不顺心，他做着自己并不喜欢甚至是有些厌烦的工作，他曾无数次地觉得自己的人生也许就是如此了。所幸，他并不是一个安于现状的凡夫俗子；幸好，他深埋于低谷之时还有梦想相伴。正是在那段难熬的日子里，他练就了一身本领——每天坚持学习语言，练习同声传译。所以，其实所有的努力最后都会被上天眷顾。昊天的机遇就这么从天而降，有一次，单位临时需要翻译，由于时间仓促，领导就想起了没事就喜欢捧一本语言教材的昊天。果然，昊天不负众望，他纯正的发音和熟练的翻译技巧都给领导留下了深刻的印象。久而久之，领导在昊天的身上挖掘到了更多的潜能，昊天的事业自然顺风顺水。

在人生最美好的青春、美好的年华里，他将时光都付给了语言，你也许会觉得无聊、荒谬或是不值，但事实证明，语言也将最好的东西回赠于他。我所说的回赠并非是他的年轻有为，而是一种生存的意义与价值，因为他对语言天生的挚爱，他的人生永远不会了无生趣，他永远都拥有梦想、文字写成的诗和藏着语言的世界。

二、即便此生功不成名不就，有些东西也会在你心头幻化成花

我们在讨论别人的成功时，总是喜欢先给别人扣上一顶与你不一样的帽子，你总以为别人的成功是因为幸运，因为机遇。但我想说的是，人这一辈子，对于成功的定义，并非是获得外界和世俗的认可，而是你一定要有那么一样值得你挚爱一生的东西，并让它成为成就你梦想的武器。

我们贪恋世间繁华，却会在繁华散尽后暗自神伤；我们贪恋怦然心动，却会在情感渐逝时潸然泪下。于是，你会觉得人生也不过是一场吃喝拉撒睡的远行，旅行的尽头便是入土为安。可你要知道，繁华、爱情、功名利禄都不是永垂不朽的，在你有限的生命里，唯一不会被夺走的就是你在追逐梦想的路程中所积累下来的才华。

此生即便我们功不成名不就，可若我们真切地热爱着些什么，它便会在我们的心头幻化成花，寡味的精神气脉便会离我们

远去。这样的热爱定能让我们体会到人生中的高潮——多情、滚动、亲和，并且仗义。

如同，你若激烈地爱着春天，便会看得见麦芒朦胧，听得见麦浪翻滚……

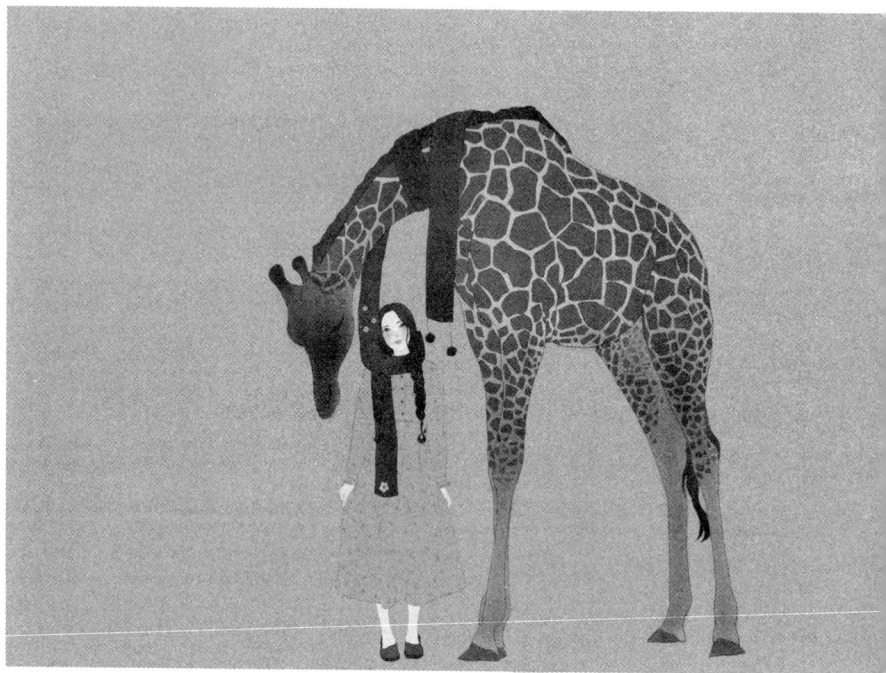

我们斤斤计较的人生

01

有段时间，我特别喜欢的一个豆瓣红人在卖她和她的团队所设计的创意礼盒。因为爱屋及乌，她发的广告我总会很耐心地看完。很奇妙，她的广告总能在介绍物品本身之余，给予你另外一种美感——或是来源于艺术或是来源于生活。

说实话，他们团队的蒙面礼盒总有种强烈的诱惑力，这种诱惑力就如同20岁的时候，遇到那个让你一见钟情的人，那种怦然心动的感觉会在你以后的人生里不期而至，尽管你再也记不起那人的轮廓。这个创意礼盒售价313，卖家的定价理念是——三个女生vs三个男生，和你说一个关于爱的故事。

你看，这是一个多么美妙的创意，给予无数人遐想的空间。

02

其实，卖家大概也是冒了场险，毕竟对买家来说，我们谁都
不知道他们的创意礼盒里到底装了哪些物件，这样的销售模式未
必能得到所有人的认可，卖家着实考验了他们客户的忠诚度。

我非常犹豫，虽然我并不是个抠门的人，也常常认为只要
是自己负担得起的东西，都应该不遗余力地去成全自己购买的欲
望。可不知从什么时候开始，对所有的事情，我都会暗自做个或
简单或周全的评估，比如，买一件普通的衣服，我会货比三家，
我会评估品牌价值，会去询问导购这件衣服的材质。接着，我会
在内心里定个价，如果这件衣服超出我的预期太多，我便会理智
地放弃，但是，这样的放弃常常会让我遗憾良久。不仅如此，对
于我的追求者，我更乐意于比较再三，我从不想谈一场将就的恋
爱或是进入一场将就的婚姻，于是，我总是在不断地评估对方的
价值，就像评估一支股票一样去评估他，我想要的是支绩优股，
至少也要是个潜力股；对待工作，我更是无时无刻不在对比付出
与收获是否对等。

我对这个蒙面礼盒产生了强烈的兴趣，我很想冒次险，用
313的价格拍下这个未知的礼盒——这大概是一个奇妙的购物经
历，你完全不能做一个是否物有所值的评估。在付款之前，你所
能依仗的只有你对卖家的信任；而在未收到礼盒之前，你无从知
晓卖家回馈给你的是否是惊喜。

正是因为这样的不可预估，我迟迟下不了决定。他们的礼

盒是限量出售的，我整整一晚都忐忑不安，我一边不停地刷微信，全程跟踪礼盒的销售情况，一边内心不停地挣扎、纠结、焦躁不安。

03

是的，我必须承认，我喜欢这个礼盒的创意，并且迫切地希望拥有它，可是它是个蒙面的礼盒，我并不能预估它的价值。这样的情形让我近乎抓狂，就像你爱上了一个穷光蛋，你心里知道他不能给你物质上的享受，可爱情所带来的满足感却让你欲罢不能。

就在我犹豫不决时，我看到卖家在微信上展示了他们的销售成果——一个小时，她已经将预售的十个盒子全部卖完，他们依然用让我喜欢的方式感谢了十个买家的信任与支持。

漫漫长夜，我开始坐卧不宁，就像丢掉了中了头奖的彩票，心情郁闷到了极点。接下来的好多天，我都在喋喋不休地跟我不同的朋友诉说着这件事，我一直在重复着同一句话：我就应该早点下手的，不应该那么优柔寡断。可每每说完这句话，我都会再幻想一番：盒子里的东西也许只值100，没下手才是明智的。当然，这只是愚蠢的自我安慰罢了。

04

这样的情绪一直持续了十天，就在第十天的时候，卖家写了篇日志，依旧是用我喜欢的文字描述了他们的创意礼盒。十个买家都满怀惊喜地给了好评，她也在日志里，第一次揭开了礼盒神秘的面纱——一张特别的VIP卡，一本村上春树的《挪威的森林》，一个德国红点设计大奖作品：tenga3D，一种高档饮品：武夷岩茶大红袍。

我随即打开了淘宝，开始搜索——一本书16.2，一个自慰器160，一杯茶30，成本206.2。我心头涌上那么一丝丝的快感，我开始继续安慰自己，当初的犹豫也许是明智的。很奇怪，这样的快感瞬间即逝，不知为何，我仍然心有不甘。于是，我迅速地打开日本亚马逊，搜索tenga3D，售价不过1829日元，我脑子里又飞快地闪出一堆的念头，比如，成批量购书一定会有优惠，而那杯武夷岩茶大红袍也未必能够得上30，我甚至可以依葫芦画瓢，将这三样东西送给自己。我找了无数的理由说服自己，最终却还是无法弥补这莫名其妙的失落感。

一个长相神似你深爱的人的充气娃娃，是不是可以填补前者在你心中的位置呢？如果我问你这个问题，我想，大家的答案都是否定的，因为前者吸引你的不仅仅是外貌，还有言谈、举止、品性和精神。想来，我对这样的蒙面礼盒之所以念念不忘，便就可以理解了。

虽然，我大可复刻卖家礼盒的产品，却永远拿不到那张VIP卡，永远看不到他们精心设计的包装壳，也失去了生命里本可能拥有的一次既有趣又有意义的体验。

比起这些礼盒的买家，我想我才更应该感谢卖家。他们无心地以这种神奇的方式给了我一次深刻的教训。不知从何时开始，我们都在斤斤计较地过着我们的人生，哪怕很多东西你负担起来本无压力，可还是会仔仔细细地盘算一番，而因为这样的盘算，我们往往失去更多。

这样的感觉，我曾经在一场错误的恋爱里也有所察觉。相亲的两个人往往都喜欢彼此试探，若一方觉得情况不妙，便不会再有所付出，因为他深刻地明白，这些付出很有可能打水漂，可他却永远不会知道，就因为那么一点点的不付出，他也许与一段美好的姻缘擦身而过，此生都不会再拥有。

05

我们的人生本应该是勇敢、果断、不犹疑的，太多的计较、试探、权衡，也就失去了许多精彩纷呈的经历，这样的经历未必都是惊喜的，可即便是痛苦的，也能带给你一些领悟。当你回忆起过往的人生，每一次只有情感没有理智参与的选择，都是你生命中体会过的高潮，与做爱的高潮一样畅快淋漓。

我唯一值得庆幸的是：老板的蒙面礼盒会再次售出；在我二十多岁的时候，能够因为一个蒙面礼盒而摒弃了某些本不该有的执念——我要找的再也不是绩优股，而是那个即便一无所有，可他在我身边，我便觉得世界应该是百花齐放、鸟唱蝉鸣的人。这样的心态也同样会带入我的工作——但行好事，莫问前程。

朋友圈的人性百态

前段时间拿新房，着实体验了一把朋友圈的人性百态。人类进化这么久，还是没能将傲慢、妒忌、暴怒、懒惰、贪婪、贪食、色欲、自私等秉性撇除。

拿房之初，好事者就建立了微信群，大家也积极响应号召，很快邻居们便都被拉进了微信群，从此开启了你来我往的交流模式。

刚开始不过是互相寒暄，互相抱怨开发商，互相讨论家装，后来，发生了几件事，人性中的自私、贪婪、爱占小便宜等缺点便开始暴露无遗。

装修伊始，各家都忙得热火朝天，光家具的样式、颜色、材料都能谈论个两三天，后来，八楼决定自家打家具。八楼的业主小郭倒是遇到了一个好舅舅，他舅舅是专打家具的老师傅，手艺精湛并且为人热情，他一听说外甥家需要装修，便自告奋勇地前来相助。

本是一件喜事，大家纷纷羡慕着小郭，小郭也经常在群里与大家分享他家装修的进展情况，同时，也把舅舅夸得像朵花。这么忙了一个多月，小郭家的家具全部完工，小郭也热情地招呼大家前去参观。

他舅舅的手艺确实很赞，邻居们都纷纷称赞，小郭也乘机给舅舅招揽生意："谁有需要到我这里预订啊，我舅舅好安排工期！"

于是，他舅舅接二连三地接下了好几家的活。原本相安无事，他舅舅要的工钱合适、手艺又好，自然没有什么大矛盾。就这样又过了一个月，有一天，小郭突然在群里吼了起来："你们还有谁找我舅舅打家具的？能不能麻烦你们退订一下？再这样下去，我就要卖房子了！"

邻居们也很困惑，当初帮着舅舅揽活的既然是你小郭，现在你怎么又出面阻拦？当然，这年头哪还有那么傻的直肠子，邻居们极其委婉地问究竟。

"小郭啊，到底是什么事啊，说出来我们大家帮你想办法……"

"是不是和舅舅闹矛盾了？一家人没有过不去的坎……"

"舅舅的手艺不错，在我家干活也麻利，我们一家人都很喜欢他啊……"

……

诸如此类的关心络绎不绝，小郭终于给了回应："我老婆有洁癖，我舅舅每天在我家吃喝拉撒，我们还没住的房他就住下了，我们还没用的马桶他就用过了！换作是你们，你们能不能忍？"小郭发来一阵牢骚。

首先发话的便是舅舅正在干活的主家："一家人何必在意这么多？舅舅白天要做工，晚上回去也就睡个觉而已！"

"什么只是睡个觉？我家水池里都是发霉的碗，冰箱里乱七八糟的东西一大堆，这让我们以后怎么生活！"小郭不依不饶，恨不得邻居赶快退单。

"小郭啊，等你们住的时候把家里做个大消毒不就行了？你说脏，你还不住宾馆？难道以后你家都不让亲戚来住了？而且舅舅他也不容易，他跟我说了，家里欠债，需要他做工赚钱。都是亲戚就互相帮衬着些！"再次发言的好像知道很多内情。

"你说得对！我们家来亲戚还真的都是住在宾馆里！他是不容易，那我容易吗？反正你们看看退单吧，要是出什么事，我可不负责！"小郭说得坚决，和当初那个热情帮舅舅揽工的他相差甚远。

他这么一说，群里其他人便也不愿再开口，大家私下里纷纷责备小郭无情，议论着这样的邻居以后真不能多来往。

这事发生后没多久，有一天，小郭直接在群里@了某位邻居，愤恨地责备他："你到底跟我舅舅说了什么？他一回来就把工钱甩在我们脸上，拿着行李就要离家出走，我老婆求他留下都

不行，这么多年，我老婆从来没有求过谁！我舅舅现在不知所踪
了，我妈妈在家闹自杀呢，我告诉你，我已经没爸爸了，你要是
让我再没了妈妈，我绝不会善罢甘休的！"

这位邻居也毫不示弱，正面回击道："我告诉你，老子也
不是吓大的，你可别恐吓、威胁我！我没跟舅舅讲过什么，昨晚
我跟他一起喝酒，他也说，老住亲戚家不好，也准备出去找房子
住呢！你们家的事我不管，也不想管！以后我不会在这个群里讲
话，也不会跟你有任何瓜葛！"

小郭发来一句话："最好是这样，你好自为之吧！"

群里一片哗然，过了好久我们才知道真相：几个已经付了定
金的邻居怕自己的定金打水漂，联合起来请舅舅吃了个饭，把群
里的话原原本本地传给了舅舅，并给舅舅出谋划策，让舅舅自己
租房子，安心地在他们家里做工。而舅舅也向他们吐露了心声：
舅舅欠小郭家钱，去年刚做了手术，更无力偿还这笔债。舅舅一
直挺过意不去，想力所能及为小郭家做点事，于是，他主动提
出给小郭家打家具。小郭的妈妈给小郭出了个主意：帮他舅舅在
小区招揽生意，所得的工钱抵消他欠他们家的债。可后来，小郭
的老婆不愿意跟一个老头同住一个屋檐下，便开始不停地挑剔，
小郭最后顶不住压力又不愿意正面得罪舅舅，便希望邻居主动退
单，这样就可以避免他们与舅舅的正面冲突。

本着将自己利益最大化的原则，小郭希望舅舅能早日还债，
便帮着舅舅揽活，可日子长了，当他发现他无法平衡他老婆与舅

舅间的关系时，又寄希望于邻居们出面解决。

而定了家具的邻居呢？他们深知找不到像舅舅这样性价比高的手艺人，为了避免自己蒙受损失，为了留住舅舅，便毫不顾及小郭的颜面，使尽手段挽留住舅舅。

什么时候能看得清一个人的人品，判断出你和这个人的交情？就是在双方利益发生冲突时，他会选择保全你还是牺牲你。

舅舅一事告一段落，没有人再追问后来的事态发展，但朋友圈的故事永远未完待续。

当家装都搞得差不多时，群里便有人开始提议：大家一起团购家电——电视机、洗衣机、空调、冰箱、净水器、空气净化器，可谓是一应俱全，应有尽有。

这位提出团购家电的邻居小李，之前甚少在群里发言，他第一次发言便是在群里吆喝："美邻们，谁要买家电？我这里可以组织团购，大家一起买起来啊！"

话音一落，竟无人应答，当然这只是表面的风平浪静，邻居们其实早就在私下里炸开了锅："这个人有谁见过？是商家吗？还是真是业主？"

经过多次打听，终于有邻居证明，组织团购的小李是业主之一，他们之前见过面，小李也向他提过团购家电的事。

身份一落定，群里便恢复了热闹。

"有型号和报价吗？发来看看啊，我们对比对比，看看哪边优惠！"大家开始索要详细的资料。

"好嘞！我这里有商家发来的报价，已经传到群文件共享了哦，大家仔细研究，有需要尽管联系我哦！"小李倒也热情。

"好的，谢谢美邻！"邻居们也纷纷应和。

接下来的几天，邻居们开始各显神通，有好几个都拿到了不同销售渠道的内部团购价，但综合对比下来，小李给出的报价确实是性价比最高的。大家奔走相告，很多人都动心了，找小李登记团购的邻居也渐渐多了起来。

有一天，小李在群里发言："同志们，团购明天截止哦，之前找我预订电器的美邻们是不是已经确定好啦？确定好我就预购了哦。"

小李大概不知道，其实邻居们私底下又打开了小窗口……

"你说，小李这么积极地帮我们买电器，是不是拿了什么好处啊？"

"是啊，是啊，不然他傻呀，这么劳心劳力，折腾得累死！"

"但是他的团购价确实便宜啊！从他那买我们也是合算的。"

"话虽这么说，但是，他如果真拿到好处，我还是觉得心里有些不舒服，况且，也是我们大家捧场，难道他不应该把好处拿出来共享下吗？"

……

看大家在群里你一句我一句地聊个不停，我突然觉得很可笑——如果小李只是纯粹的热心肠，我们则践踏了他的善意；退一步来说，就算小李真从中得益又如何？我们确实是从他那里购置到了比其他地方价廉物美的商品，从这个角度来说，我们也不过是各取所需而已。尽管如此，人们在既得利益的情况下也还是不愿意让别人沾到光，这就是人性中最自私与残忍的一面。

入住三个月，我们的朋友圈一直热闹非凡，常常发生一些让人啼笑皆非的故事，时间长了，大家也会聊各自的生活，甚至愿意敞开心扉诉说一些心事。因为彼此的生活没有交集，所以，我们愿意在群里聊工作、聊生活、聊人生，但人性中的那些小恶魔总还是会在自身利益可能受损时不自觉地溜出来。

活生生的人永远都不可能完全刨除这"七宗罪"，从这个朋友圈里折射出的不过是人性百态里的一两点而已，看着别人的故事你或许还能理智地判断，可一旦这些俗事落在你身上，你便会开始自我防备，甚至是进一步攻击。

我常常在想，如果这个世界没有傲慢、妒忌、暴怒、懒惰、贪婪，人生会不会失去一些经历？也许这些经历并不美好，甚至还充满了恶意，可就是因为有这些经历的存在，我们才学会了反思，才能更进一步地接近光芒，但凡事都得有度，如果长期被这些小恶魔包围，生活则会变得低级趣味……

人这一辈子会遇到很多人，我们要相信自己的直觉，去相信我们遇到的人是有内涵的人，他们善良并且简单。所以，当这些小恶魔再次出现的时候，请邀请出内心善良的小天使们，用善意的心去揣测别人，用真诚的心去善待别人——允许内心偶尔阴云密布，但终要留一个大大的空间给晴天……

我们正在丢失的信任

伴随着年龄的增长，我们却越来越孤单。走过那么多的路，看过那么多的风景，信奉过那么多条人生哲理，你依然没有过上一帆风顺的生活。你会被复杂的人际关系搞得焦头烂额，也会被欺骗、背叛，因此，我们学会了自我保护，这种自保的最佳方式就是利己和对任何事、任何人都怀有一丝丝的防备。于是，你离真诚、信任、爱情、友情越来越遥远；于是，当你面对孩童，他们童真无邪的"无知"常让你无所遁形……

我想请你听我讲一段经历，有关我们正在失去的真诚与尊重，如果不去体验，我永远都不会知道，普通如我，明明也可以去温暖很多生活不易的人。

有一次，我与朋友约好去万达看电影，兑换电影票时才发现，单位发的电影券还有一天就过期了，我和朋友嘀咕着，待会我把这张电影票给卖了。

朋友鄙视地瞥了我一眼："你以为票贩子那么好做？"

我眨巴着眼睛，以同样鄙视的眼神回过去道："我以低于团购价的价格卖给别人，这算是件两全其美的事情吧，为什么不愿意呢？"

朋友朝我直摇头，这直接激发了我内心的不服输。再加上，我天生对所有的事物都有种强烈的好奇心，好在脸皮够厚，勇气也可嘉，所以从小到大任凭风吹雨打，不达目的我绝不罢手。

于是，我与朋友打赌，一定能把这张票卖出去。就此，我正式转换成为票贩子的角色。

我遇到的第一个潜在客户是对情侣，男孩正在团购，我拉着朋友就往他们面前冲。我礼貌地向他们打招呼，弱弱地问道："请问你们是来看电影的吗？我有一张单位发的电影票，明天就要过期了，你们需要吗？我可以以低于团购价的价格卖给你们。"

我睁大眼睛无比真诚地想将手里的票递给这位男士，他先是转身看了看他的女朋友，只见她眉头紧锁，上下打量了我一番，就好像已经下了定论——这是个骗子。

这位男士倒是很会看女朋友的脸色，着急忙慌地拒绝我道："我们已经团购好了，不好意思！"说完，便拉着女朋友径直走了。

虽然有些小失望，但这才第一次嘛，我怎么会轻易放弃呢？

我仍像个猎人耐心地等待着我的猎物出现。只可惜猎人太过单纯，而她等待的猎物们尤其擅长自我保护与防备他人。

我正摩拳擦掌跃跃欲试，迎面走来了两位妙龄少女，从外貌看，年纪应该与我相仿。同龄人应该好沟通吧，我满脸堆着微笑，谄媚地迎上去道："你好！请问……"

我把之前的台词原原本本地重复了一遍，相比之前，更多了些底气。只可惜，我话还没说完，我面前的这位少女下意识地抱紧了包，警惕地朝我挥了挥手，头也不回地快速向售票处走去。

我低头打量着自己，幽怨地向朋友抱怨道："姐今天可是穿着blumarine的连衣裙，背着MK的包，怎么看也不像一个诈骗犯吧？"

友人竟捧腹大笑："谁告诉你骗子就一定食不果腹了？再说了，拉一个衣衫褴褛的乞丐也未必能把你这票卖了！但凡是陌生人与自己搭讪，无论缘由、无关长相，人都会首先选择自我保护与防备，这就是人之常情！"

友人打趣的话却深深地触动了我。我想起小时候，妈妈经常加班，我便一个人跑到街头去等她。有一晚，天空飘着大雪，妈妈迟迟未归，而我冻得瑟瑟发抖，街头卖山芋的阿姨招手让我去她的棚子里取暖，并从炉子里拿烤好的山芋给我吃。

我虽然饿得头昏眼花，但奈何身上并没有零钱。我迟疑着说："阿姨，我没有钱，我还是不吃你的山芋了！"

阿姨微微一笑，恰巧幽暗的灯光洒向她的半边脸，显得她格外好看。我以为我遇到了天使，稀里糊涂地吃了阿姨剥好皮的山芋。

后来，妈妈接我回去，并将山芋的钱给了阿姨。

如今每每提及此事，我能记起的就是那张在昏暗灯光下俊俏的脸庞，而妈妈更多的是后怕，她说那一刻，她突然意识到没有对我进行安全教育是一个严重的错误，幸好老天眷顾，我遇到的都是好心人。

我正陷入深深的回忆里，有人摇了摇我的胳膊。

"美女，请问您有兴趣学习英语吗？"我一抬头，看见一个与我同病相怜的人正站在我们面前，唯一不同的是，她是真正的推销员，她需要每天重复这样的问话，遭受更多人不信任与怀疑的目光。扪心自问，这要是换作以前，我一定略带厌烦地拒绝，但此刻的我，至少在某种程度上感同身受。即便我不需要她推销的产品，但我至少应该给予她尊重与平等。

我礼貌地回答并带着真挚的微笑："谢谢，我暂时不需要！"

当然，专业的推销怎么舍得半途而废？

"那您是暂时不需要还是一直不需要啊？您的工作不需要用到语言吗？也可以带小孩来学习啊。"我看着她那无比渴望得到回应的眼神，竟有那么一丝的感动。没有一个人的人生看起来毫不费力，可像她这样遭到无数拒绝和白眼仍能不放弃的人，大概少之又少。

我愣了两三秒，竟不知该如何回应她的这份坚持。

"没关系，您看着这么年轻，应该还没有小孩！那您帮我扫一下二维码可好？"真不是一个好销售员，她竟未察觉出我的犹豫，可我却从她的眼神里看到了胆怯与不安。大概她从未成功推销出去几份吧，所以连扫二维码这种事都成了她的救命稻草。

我特别感谢她的不为难，欣然拿出手机帮她扫了二维码，而她竟然感激不已，不停地向我道谢。

小时候老师教育你"赠人玫瑰，手留余香"，你从不斤斤计较并且好善乐施，可如今的你，看过那么多有关碰瓷的报道和诈骗的新闻，于是，再也不愿意主动帮助任何人，因为你怕因为你的善举而给自己惹来麻烦。

我正反思着自己丢失的对别人的信任，推销员怯生生地问道："美女，请问你刚刚是在卖电影票吗？我在那听了老半天，好像……好像也没人买，其实大家都是怕被骗，你也别放心上！我男朋友待会过来陪我看电影，要不……要不你把票卖给我吧，也算是表达我对你的感谢！"

眼前的这位姑娘，善良朴实得让人动容。我将电影票送给她，并未收取任何报酬，姑娘不断地把钱塞给我，却又被我塞了回去。

我想，假若一开始我就以赠送的方式将这张票递给别人，大概大多数人都会欣然接受，讨便宜这件事向来都受所有人的欢迎。

这世间真的有很多人活得并没有那么容易，比如，随处可见的推销员，我们常常置之不理，甚至烦透了他们的锲而不舍，但如果不去体验他们的生活，你永远也无法感受到他们的绝望、麻木，而你哪怕只是礼貌地接过他们手中的传单，对他们来说都算是善举。

我们也许能为别人做的事很少，但我们至少应该试着给予一个陌生人信任与尊重，而这些对他们至关重要。

虽然，我输了与友人的赌约，但我无比感恩能有这样的经历，它让我意识到，我们正在丢失中华民族的许多美德。就好比给予陌生人尊重与信任，你的善举能温暖许多生活不易的人，也终将让你相信，这世间本就有世外桃源。

正因我们是闺蜜

男人与女人维持友谊的方式迥异，男人们一杯酒下肚便可以互诉衷肠，平常也不必腻在一起。而姑娘们的友谊则相反，互相说些掏心窝子的话，没事聚一团去八卦一下别人的八卦，有时候连上卫生间这种事都喜欢组团。

闺蜜间总有一种错觉：因为我是你的好朋友，你必须第一时间与我分享你所有的喜怒哀乐，我们如同彼此的一面镜子，透过镜子我们必须看得清对方的模样。我还必须是你的唯一，谁都不能超过我在你心中的地位。

在这斤斤计较的世间，我们都喜欢较真地去证明些什么。比如，名和利证明你的成功；比如，克拉的钻戒证明爱情；比如，我们分享彼此的所有喜怒哀乐，我是你的唯一才能去证明友谊。

然而，就像名和利无法证明成功的人生，克拉的钻戒背后也可能有不为人知的勾当，我们的友谊真的需要一些东西去证明吗？

姑且不谈彼此心照不宣的友谊需不需要去证明，我们首先来聊一聊，我们的友谊是否需要以无话不谈、彼此唯一来下定论。

范玮琪和陈建州做客《康熙来了》那一期，本来只是为范玮琪的新书做宣传，但节目中小S一直耿耿于怀范玮琪的"疏远"，对范玮琪周围的其他闺蜜表现出深深的醋意，还一直追问着自己与大S在范玮琪的朋友圈里到底排第几。

不仅如此，小S在节目中还频频提到"杨晴瑄"这个名字，无论与范玮琪聊到妈妈群组还是野餐，小S都会大发醋意地直接问："该不会晴瑄也在吧？"

陈建州一直在打圆场，蔡康永则为了节目效果，一直在拉仇恨。小S的那种愤怒、委屈、不满也许在别人眼中仅仅是为了节目效果，但凡是有闺蜜的人便能自然而然地理解小S的反应。

所以，你看，在闺蜜的眼中，我理所当然地应当成为你的唯一，而你必须第一时间与我分享你所有的事情。

节目中，关于范玮琪请吴佩慈陪产一事，小S特意问了句："是你打电话叫她的吗？"

范玮琪则很尴尬地解释说："不是。"又特意补充说："恰巧我羊水破了的时候，吴佩慈打电话过来。"

小S倒也毫不掩饰地回答范玮琪："那这样我心里舒服一点。"

后来，小S又与范玮琪聊到范玮琪开通的妈妈群，小S不停地质问她为什么妈妈群里没有自己。

小S说："我自认为有三个孩子啊，为什么你建的群里居然没有我？"

范玮琪则一脸无奈地表示，小S从来没有亲手为女儿换过尿布。她自认为妈妈群是用来交流育儿心得的，而在这方面，小S几乎是完全没有发言权的。

当然，从这个角度出发，范玮琪自然不会多此一举地将小S拉进群聊，可在小S看来，既然我们是闺蜜，你怎么可以屏蔽我？

之后，她们又聊到了做飞飞、翔翔的干妈一事，小S再次声讨范玮琪，她的三个女儿都只认了范玮琪这么一个干妈，但范玮琪的双胞胎儿子却不止她一个干妈，吴佩慈、梁静茹也都是他们的干妈。

蔡康永故意调侃小S："飞飞将来叫干妈的时候有十几个人答应哎，你只是其中一个而已，而且你还是最远的那个干妈。"

陈建州从旁帮腔："干妈S。"

于是，小S只能无奈地摇头。

所以，面对友谊这回事，明星们也如我们一般，总介意唯一性。我们骨子里的占有欲总能将我们捆绑住，我们自私地用"我是你的唯一"去证明我们的友谊值得天长地久。

今天在闺蜜群聊天，A同学问我："你知道B同学领证了吗？

你不是她最好的朋友吗？你应该早就知道了吧！"

B同学确是我的好朋友无疑，我们同学六年，彼此见证了对方所有的生活。起初，听A同学这么问我，我心头一震，这么大的事居然是通过别人的嘴巴传给我，虽然当时气得想跳脚，但那颗虚伪的心开始作祟。于是，我故作云淡风轻地回答："作为她的闺蜜，我当然是第一时间被通知的！"

我一边在群里周旋一边气愤地给B同学发微信，质问她这么重要的消息为什么我是最后一个被通知的，是不是不把我当朋友。

B同学本就是心直口快之人，立马回了语音过来说："这么多年来，我以为你很了解我，我是个对这些事本就不太上心的人，在我看来，领证也不过是件顺其自然的事。难道你觉得我得事事向你报备吗？我们是闺蜜，很多时候心照不宣就好，这么多年的友谊还需要靠什么去证明吗？"

我一时语塞，B同学又用一句话堵住了我："再说，我也是通过别人的嘴才知道你近日调动了工作啊！如此说来，你是不是也并没有把我放在心上，这么重要的事都不与我分享一下。"

听她这么一说，我才记起最近工作调动的事。其实不过只是一桩小事，因为工作需要被领导借调到另外一个部门协调工作。说来，也是运气好，刚好我也更喜欢、擅长现在这个部门的工作。

我连忙解释道："我原本以为这只是一件小事情，便没有把这事放心上，也就没有及时地跟你说，要是你今天不提，我还真忘了。"

微信语音传来B同学银铃般的笑声："闺蜜间又何须解释？只是，一来，每个人对事情的侧重点不一样，你以为很重要的事情在我眼里不过是小事一桩，我认为很重要的事情你也许并不会放在心上；再者，随着生活圈的扩大，我们习惯性地将事情对号入座，只与相关的人讲相关的事。但所有的这些能对我们的友谊有何影响？这些年，甘苦我们都能共同分担，我们的友谊需要什么去证明吗？"

B同学说完，我们一起捧腹大笑。是啊，这些年来，我们共同成长——从懵懂的少年到如今各自成家立业，我们的友谊又何须被证明！

友谊是人们在交往活动中产生的一种特殊情感，它与交往活动中所产生的一般好感是有本质区别的。友谊是一种来自于双方关系的情感，即双方共同凝结的情感。

所以，和这世上的其他情感一样，友谊也是建立在惺惺相惜的基础之上，可惺惺相惜又如何？这世间连两片完全一样的树叶都找不到，更何况是两个行事作风完全一致的人。因此，你认为重要的事情，它未必是别人记挂心间的事。

再来细细品味B同学的话，并从旁观者的角度看小S与范玮琪间的闺蜜争夺大战，我们便会恍然大悟。

结婚这件事情在我们所有的人眼里都是件终身大事，但在B

同学的眼里，她与她的夫君认识多年，而且她的夫君与我也早就打成了一片，于是，结婚于她而言不过就成了一纸婚约，并没那么重要。

如同我，工作的调动在旁人眼里是值得与好朋友分享的大事，而在我眼里，也是这些年因为努力而水到渠成的结果。因而，也就失去了那份突然接到喜讯的惊喜，好消息也就成了一件并不需要与闺蜜分享的寻常小事。

小S哭述范玮琪没有把她拉进"育宝宝"群，范玮琪则回应："你从来都没有喂过宝宝好不好？"

听明白了吗？小S在意的是没有被重视，是不是唯一，而范玮琪建群本就不是为了巩固友谊，而是为了讨教育儿经验。关于这个话题，小S可能并没有那么多的经验值得与大家共享。

其实，友谊也需要换位思考，最忌讳自私地要求闺蜜只有你这么一个无话不谈的好朋友。

细想来，我们也经常因类似的事情与闺蜜心生暗气。

比如，你的闺蜜正在规划一场说走就走的旅行，你本以为她应该与你分享，但结果闺蜜却选择与另一位曾去过无数地方旅行的朋友探讨。你心想她竟然这般不在乎你，殊不知，她只是觉得从这位懂得旅游的朋友那里，能够得到更多有用的信息而已。当她旅游归来，给这位朋友带去纪念品是为了感激，而给你带回礼物便就是情分了。

再者，工作后，我们更愿意与同事聊有关工作的事；怀孕的你更愿意与同为孕妇的朋友聊孕期的注意事项。这些事，与其说是交流，不如说是咨询，我们只是本能地选择对合适的对象提出相关的话题而已。

想来，我们以为友谊疏远不过是我们误解了友谊的定义。相处时可以无话不说，不为人道的事情愿和你分享的闺蜜，又何须事事向你报备？好久不见，再见也无须先寒暄并能理解双方想要说什么的情谊又如何能被误解？

话至此，你们同甘共苦的这般情谊还需要去证明吗？

你看那些真正幸福的人才不会炫耀

朋友圈里常常有人秀幸福，有一类人只是很单纯地与别人分享他的生活，他无比希望他的幸福生活能给别人带去满满的正能量。还有一类人纯属炫耀，炫房炫车炫耀他所拥有的一切，最好能引来无数人点赞，并有人羡慕嫉妒恨一番，接着他便会假惺惺地一边回应别人的羡慕，一边继续挑起别人的嫉妒恨……

那么，幸福到底需不需要拿着喇叭大张旗鼓地炫耀？这大概关乎一个人的人生价值——生活到底是活给别人看，还是为自己而过？

举两类朋友的例子。

第一位朋友是我的高中同学，在学校的时候确实品学兼优，待到毕业便成功地就职于一家外企，工作一年后便与青梅竹马的同学成婚。总之，工作、爱情两不误，羡煞旁人。

　　同学的老婆在政府机关工作，相对轻松、稳定。而且双方家庭条件都不错，因此，他们一毕业就在南京买了套房。那时候，房价还不算贵，两家各出了一部分在市区给他们买了套70多平方的小房子。

　　后来，房价疯涨，小两口毫不犹豫地卖掉了这套小房子，换了一套200多平的大房子。在理财、投资方面两人确实独具慧眼，河西初建之时，他们又在河西以低价买了一套四居室的房子。

　　不仅如此，他俩在工作上也相当拼命，属于有目标也有毅力去实现目标的那类人。工作十多年，两人都在各自的单位得到晋升，有一个六岁的可爱宝宝，在旁人眼中，他们已经是生活美满幸福的典型了。要知道，很多人奋斗了那么多年也难以在南京的郊区支付得起一套房的首付，而他们已经锦衣玉食了。

　　这样的幸福原本不需要他们亲口道出，但两人恰恰属于喜欢从旁人身上找幸福感的一类人。于是，除了喜欢抓住每一个机会在朋友圈秀幸福外，他们还热衷于在各种聚会上炫耀他们金光闪闪的日子。

　　夫妻俩倒是默契，每有聚会总能充分地展示出他们的"优势"。

　　谈及房产，妻子就会让丈夫把几百平米新家的装修照片拿出来给大家欣赏，妻子强调家具都在红星美凯龙买入，品牌家具从材质、设计到售后都无可挑剔，丈夫则在宣传家里各种类型的冰箱和洗衣机。冰箱、冰柜各有一台，冰柜专门用来放茶叶；洗衣机三台，一台洗内衣，一台洗外套，还有一台是留给保姆用的。

谈及工作，妻子称赞丈夫工作能力强，又被提拔为部门一把手，工作时间自由，足以照顾家庭；而丈夫则举例说明妻子的神通广大，比如搞定了某某的工作，帮某某预定了省肿瘤医院的床位。

谈及生活，妻子则换着法炫耀——"我老公在生活上对我还是很照顾的，我身上这件衣服三万块，他毫不犹豫地就帮我买下了！你们看，我儿子从出生到现在，周身名牌，他就是对我们娘俩大方！"大家都是普通老百姓，此话一出，哪有人在乎她老公是否对她疼爱有加，目光全被她那件价值三万的衣服吸引去了。

一开始，大家对他俩的炫耀虽然偶尔嫉妒，但还是坚信不疑。每次聚会下来，都有那么一两个喜欢趋炎附势的人像哈巴狗一样去巴结他俩，当然，这样的巴结通常不会完全没有目的——没有人会拿自己的自尊跪舔毫无用处的人。

但久而久之，大家便发现，虽然他们吹得天花乱坠、无所不能，奈何能力有限，并未能真正地帮上谁的忙。

很快，大家便互相通气：原来他们不过是包装得好。

是的，他们无比擅长包装自己，喜欢在原本的生活上添加一些美化的色彩，他们给别人制造了一个特别好的假象，可一旦这样的假象被戳破，别人便会对他们失去耐心，当他们下一次再去宣扬时，甚至有人会当面戳穿他们，同时被戳破的还有他们的生活——从一开始，他们的日子就不仅仅是为了自己，还是为了向别人展示，在别人的羡慕里找寻自信和收获的快感。

第二个故事是关乎我那年轻有为的小表哥。表哥在外贸公司辛勤打拼了很多年，很多年都在飞机上度过，从南京飞往非洲，再从非洲飞回南京，日复一日，年复一年。虽然他没有向任何人抱怨过他的辛苦，但所有人都看得出他过得不好。

后来，表哥凭借多年在外贸公司工作的经验，成立了一家属于自己的外贸公司。至此，他再也不用四处奔波，用他的话说：有电脑和网络便可以办公。表哥从来没有炫耀过他的财富，但因为家里有长辈帮他做账，我们都知道表哥一年的利润至少以七位数计。

表嫂是一位公务员，属于温和谦逊、不争不抢的类型，于是，我们所有人都以为她在工作上也属于默默无闻的一类。后来，亲戚们却从别人口里得知，表嫂业务能力极强，在科级干部的竞选中以笔试、面试第一的成绩成功晋升。

无论是表哥的事业成功，还是表嫂的成功晋升，所有的事，他们都从来不会用炫耀的方式自己讲出口。

小两口的日子过得很满足，每每家庭聚会，他俩永远洋溢着幸福的笑容，那种笑容不加丝毫掩饰，是由内而外散发出来的光芒。

表嫂其实是个极有情调的人，朋友圈从不炫富，总是在默默地诉说着她看的书、她欣赏的风景和添置的家饰用品。偶尔冒出一两句"愤青"的言论，倒是足以让所有人感受到她那真实而不失可爱的一面。

毋庸置疑，所有人都能透过他们的小情调体会到他们甜蜜、美满的生活，拥有这些情调的人永远都不会将日子落入俗套。他们的生活与拥有多少财富、珠宝和多高的社会地位无关，他们从来都不需要用别人的羡慕来证明他们过得有多好，他们也不需要从别人的称赞中获得一种叫作虚荣心的满足，他们的生活从来都只属于自己，波澜不惊却并不平淡无奇。

所以，你明白了吗？真正幸福的人从来不必炫耀他所拥有的一切，他们没有自卑感也没有膨胀的自信心，他们过得悠然自得，不以物喜，不以己悲。

他们明确地知道他们想要的是什么样的生活，他们的生活也不会轻易地被欲望、权力、金钱等外在的因素所捆绑，他们更加不屑于在别人的掌声中度过余生。

与历史的长河相比，我们都是近乎渺小的彼此，而最终陪伴你走到生命尽头的永远是自己。别人的掌声会随着名利的消失而离你远去，如果你没有学会给自己掌声，为自己而活，人生怕终会可悲。

不是六六，我们还要不要维权

　　我几乎是噙着泪读完六六的《我要的只是公平》一文，她的那句"我作为普通百姓的生活，举步维艰，每每都要靠大V身份和粉丝帮助才能讨回我本该拥有的权利"同样深深地灼烧着我的心。

　　很遗憾，作为一个普通老百姓我从来都不够安分守己，刻薄如我，总是千方百计地维护我的权益。当然，我曾被亲人、朋友无数次地劝导过——不过是件小事，吃一堑长一智，维权是没有用的。每每听到这话，我不仅不为所动，还会变本加厉。你以为我只是斤斤计较吗？我只是想用自己的行动告诉你，不是所有的维权都没有结果，相反，如果你从不维权，便是换一种方式助长某些嚣张的气焰罢了。

我们不是六六，到底要不要维权？

一、每一次维权都是一场战争，而你首先要自律

作为一个普通百姓，我们的衣食住行处处仰仗于法律、法规。可中国人的骨子里多少有些奴性，遇事怕事的我们常常敢怒而不敢言。你从不愿向权威宣战，因为你从不相信正义能战胜权威；你从不敢投诉服务态度极差的公职人员，因为你总觉得老百姓不能与官斗；你放弃了无数次的维权机会，成就了一批嚣张跋扈的商家和专横无礼的公职人员！

维权到底有没有用？我告诉你，当然有用，必须有用，肯定有用。

今年年初，我的一部未过保的苹果手机由于电池问题需要维修。苹果官方售后有这样一项服务——购买它的VIP卡可享受提前维修的服务。当然，有很大一部分人群是不会去购买这项服务的。在南京最大的苹果官方维修店也就一家，位于新街口万达。

可想而知，这家店多数时间是人满为患的，而我的手机质保次日就要过期。于是，我先给苹果官方客服打了电话，请求他们帮我预约，然后我火速从江宁飞奔至新街口。

很不幸，当我到达维修部时，距离他们的下班时间只有几分钟，而在我赶路的过程中，无数次与此售后点联系未果。

抱着试一试的心态，我前去服务台客气地与维修人员交流：

"不好意思，我之前给400打过电话，今天是我手机质保的最后一天，麻烦您——"

还没等我说完，工作人员头都不抬地哼唧了一句："我们下班啦！"我想我一辈子都忘不了她的表情和语气，我甚至此刻都无法用文字去形容。什么样的感觉呢？就像电视剧里，小三向正室挑衅的神态，恶媳妇呵斥婆婆的语气。

说到这，我必须告诉你，维权之路总是磕磕绊绊，你一定要学会自律，只有自律才能让你始终成为一个合理、合法的维权人。

我深知这一点，于是，我仍然很客气地说："因为今天是质保的最后一天，而且我来的时候还没有到你们的下班时间——"

她再次打断我的话，并且脱了工作服："现在到我的下班时间了！"

"请注意你的服务态度！"我提醒她道。

没想到她更加嚣张："注意什么态度？我又不是卖笑的！"她提高了嗓音，引来了无数观众。

"作为服务人员当然应该微笑服务！"我据理力争。

更戏剧化的场面出现了，她边嚷边冲出工作台："你说谁卖笑的？我看你全家都是鸡吧！"她冲到我面前挥起拳头。我当时做好了心理准备：就算吃她这一拳我也绝不还手，然后我就报警。

还好那个拳头并没有落到我身上，她的领导及时劝阻了她，可她依然不依不饶。我接着报了警并要求警察调出监控录像——很多事上升不到法律的层面，但在警察局备了案能为你今后维权提供强有力的证据。

当晚，她的经理向我道了歉并且收下了我的手机。可事情远远没有结束，当你受到服务人员谩骂与侮辱的对待时，千万不能妥协，你的妥协会让她今后以同样的方式对待他人。

于是，我连续打了很多次苹果客服，我要求他们调监控去看看自己的员工是怎样的工作态度，并且要求她向我道歉。也是因为这次维权，我才知道官方售后一般都是承包给第三方，而售后公司为了维护自己的利益找了很多借口搪塞客户。我自知多余的理论都不过是无谓的口舌之争，在我不厌其烦的要求之下，苹果客服终于调取了监控并向我道歉。在取修好的手机之时，那位曾谩骂我的维修服务人员也向我道了歉。

我也曾经在淘宝买过一部假手机，直到手机落水拿去维修之时，我才知道这部手机属于假冒伪劣产品，而当我去找卖家理论之时才知道卖家早已关了店铺。

在这种情况之下，可能很多消费者会选择花钱消灾，但他们并不知道，淘宝本身有个特别人性化的规定：凡是假冒伪劣商品，只要提供证据证明可全部退款。

我打了淘宝的客服电话，提供了商家出具的发票并根据客服的要求提供手机串行码，在证实手机确为假货之后，淘宝先行将退款打给了我。

在维权这条路上，我们在学会自我保护的同时还需要学会自律，以其人之道还治其人之身的方法并不可行，相反，还会使原本掌握主动权的你陷入被动的境地。千千万万个我们也许开始都是孤军奋战，但若能前赴后继，最终将会变成一场完胜的战役。

二、因为维权，你才会发现法律也许还不够健全

是不是所有的维权都能生效？答案当然也是NO。但你却一定可以在维权的过程中发现一些也许还不够健全的法律、法规。

举个例子，我曾在某商场入购了某品牌的一双鞋，那天刚好是"六一"，我和友人约好去吃饭。我几乎全程开车，但回到家脱鞋时发现新鞋里面的鞋垫已经脱了胶。一双大几百块买回来的鞋竟然不如十几块钱的军鞋质量好，以正常人的逻辑，商家退货退款也是理所当然的吧。

我先与卖家商洽无效，而这时候就体现出了不同商场处理投诉问题的差距。小商场对这些投诉问题几乎是不予理睬的，全部交给卖家和买家自行解决，而卖家以鞋子的"三包"为由拒不退款。

这时候，我唯一能做的就是寄希望于消协，公务人员的作为与不作为此刻便会尽显在你眼前。处理我这个问题的是个中年男子，当我跟他讨论起消费者权益保护法时，他几乎一无所知，并且态度极其恶劣。于是，我又拨打政府投诉热线投诉了这个公

职人员，投诉原因有以下几点：第一，作为公职人员，你的责任之一就是为人民服务，而面对老百姓他既没有应有的耐心，又没有该有的专业态度；第二，作为消协公职人员，连最起码的消费者权益保护法都不熟知，未免让人怀疑业务能力有限吧？

你也许以为这样的投诉是无效的，可事实是这样的：这位工作人员很快与我取得联系，并且态度发生了180度的大转弯。

很可惜，最终我还是没能将穿了短短一两个小时就出现问题的鞋子成功退出，因为在鞋子的"三包"规定中表明鞋垫脱胶属于正常现象，可修不可退。

在你维权的整个过程中，你会发现有很多规定还不够明确、合理，最可怕的不是我们无能为力，而是你不说我也不说，最后反而默认了商家"走钢丝"的行为。

三、每一个市场都有不为人知的猫腻

我只说家具市场。我的一位同事前段时间购置了一套实木家具，但发货单上写的是实木颗粒板。好在他是在大商场下的单，商家立刻给他退货、退款。其实深究你会发现这是件可怕的事情。

就市场而言，一个不成文的规定是：一套家具，如果有百分之六十的材料属于实木就可认定它为实木家具，而你所不知道的百分之四十决定了你整套家具的价值。拿一套红橡木的家具来

说，如果红橡木所占比例达到百分之三十，这套家具就可被认定为红橡木家具。

我想说的是，在购买商品之前，你要仔仔细细地了解清楚整个市场的不成文规定，以及相关的法律、法规，包括商场自身的"三包"规定。而所有的这一切都会在你需要维权的时候体现出相应的价值与重要性。

还是拿家具举例子，如果商家开具一张证明给你，表明他的家具为实木家具，你就需要让他标明是百分之百全实木，无板木结合以及实木颗粒板材料。不要怕烦琐，你所做的这些事不仅能帮到自己，还能在无形中规范整个家具市场，而如果人人都能做到保护自己的合法权益，家具市场的猫腻便会无所遁形。

至此，你还要再问我：不是大V，我们要不要维权？我从不认为一个社会的改革和发展是与当权者和利益既得体息息相关的，我们的国家在发展过程中是以提升民生的幸福指数为目标的，而普通百姓是最大的基数。有毒瘤并不可怕，只要你愿意站出来多一次再多一次，千千万万个我们就有可能健全法律，规范市场。

你的维权之举与其说是在讨回自己的合法权益，不如说是在为我们的同胞争取被公平对待的机会。因此，若是下次你被侵权，当然要不遗余力地去维权！

闺蜜说 4：

认真独舞的你，
真美！

姑娘，
不要羡慕别人的
成功与辉煌，
你没看到
她背后的辛酸；
不要妄想幸运地
不劳而获，
认真独舞的你，
其实很美！

路过生命中
最黯淡的时光

01

生活要有多凄苦才算黯淡?

我们之中的大多数人都是普通人,活在自己的小世界里,和
所有的普通人一样,过着无比平凡的小生活——看似索然无味,
却也不是毫无生趣。我们会为了一餐美食而欣喜,为了一次旅行
而开怀……

然而,最可怕的便是飞来横祸,撕裂原本云淡风轻的日子。

可无论经历怎样的大风大浪,终有一天你会知晓,只要活
着,我们总能度过生命中那些黯淡的时光,时间终会以最好的方
式还你雨过天晴的生活。既如此,又何须畏惧,甚至是逃避这彩
虹前的暴风雨呢?

02

我有个高中同学，他叫杨阳。如今想来，他给我留下的最深刻的印象便是，他那爱笑的脸庞总也掩饰不住的满含忧郁的眼神。

杨阳是个学霸，在重点班中的强化班睥睨众生，无论大考小考都名列前茅，完美诠释了我们这所国家四星级高中的美名。

不过，学霸的养成也并非只有上天眷顾，杨阳在考场上的得心应手，归结于他继承了中国几千年来的强大隐忍力。虽然哪里有压迫哪里就有反抗，但面对重重压力的高三，杨阳从未像其他同学一样有过反抗，他认认真真地做着各种习题，在老师的引领下，一步步向名校逼近。

青春期情窦初开的萌动，他毫不犹豫地直接给隐匿了。萌妹子约他一起散步，他凛然吐出两个字：走开！

年少轻狂的顽劣，他毫不客气地直接给雪藏了。好哥们约他一起打球，他傲然吐出两个字：走开！

在那个二十岁不到的年纪，大多数人还不具备坚定的克制力，但学霸永远具备异于常人的自制力。面对枯燥无味的高三生活，我们都会有一段时间的自我放纵，但杨阳却能做到每天都与各种练习题切磋技艺，闲人勿扰，谢谢合作，如有违者，教导处受训，请便。

杨阳有如此境界，本来是件好事，可人一旦对什么东西有了很深的执念，往往会变得可怕至极。

高考的压力越来越大，杨阳开始有了些明显的变化。只因一道解不出的物理题，一次考试的小失误，他就会拼了命似的挠头。

挠头也是很正常的，谁都免不了有这个习惯，问题是，杨阳是真的头疼。他揪心的事仿佛越来越多，可事情的源头，只有成绩这么一件事。

头疼总得医治，杨阳迫不得已抽出时间去了趟医院。

结果，他被确诊为轻度抑郁症。当这个消息传开时，整个班级都炸开了锅。

不用这么拼吧，大家纷纷劝慰杨阳。谁都不想看到学霸倒在高考的大门前，但无济于事，所有的事情都向着不好的方向发展。

杨阳开始缺席早操，缺席晨读，缺席晚自习。在那样一个紧张的氛围里，老师常常一边嘱咐我们不要给自己太大的压力，一边不停地安排各种考试……杨阳的病情公开后，老师又多了一个嘱咐，就是全班出动，劝导杨阳，最主要的是看好他，不能让他出事。

如今想来，那时的我们都不够成熟，因为谁也没有真正重视这件事。如果当初我们能齐心协力帮助杨阳，也许他的人生会是另一番风景吧。

高三的日子总是匆忙的，杨阳经常缺席渐渐成为了我们习以为常的事。直到高考结束，大家身心放松了，才得以有空去宽慰这位老同学。

意料之外也在情理之中，杨阳的高考成绩排名班级倒数第三，仅仅超过二本线10分，只能选择一个普通的二本院校读大学。

但填报志愿的时候，他眼中终于没有了忧郁。他像一个卸了盔甲的士兵，整个人看起来轻松极了。

03

大学生活是精彩和轻松的，虽然我与杨阳不在同一所大学，但经常打电话聊天，我们竟成了好朋友。

我常常在聊天的时候，嘲笑他那段不美好的过去，而他也总是满不在乎地笑笑。我心想，他那听上去骇人的病应该早已康复了吧。

大学的时光总是美好而飞逝，曾经不近女色的杨阳也陷入了爱情的旋涡。

大一下半学期，他很兴奋地告诉我，他谈恋爱了。他在电话那头，向我描述他那可爱的女朋友，而我竟然在电话这头一边听，一边任由眼泪刷刷地往下流。

别误会，我不是伤心或是吃醋，我只是从他那欣喜若狂的语气里判断出，他已经彻底地从抑郁症中走了出来，过上了正常人的生活。他大概不知道当时的我有多感慨，就像我永远也不知道他经过了怎样的挣扎才制服了抑郁。

后来，我成了学校的活跃分子，每天忙里忙外地参加着各种活动，与杨阳的联系也渐渐少了起来。

直到有一天，寒假回来的第一堂课，我接到另一个同学的电话。

他在电话那头，声音颤抖、哽咽地告诉我："杨阳自杀了！"

那一瞬间，世界好像突然变得黑暗起来，我只觉眼前一片乌黑，我从未想过一个年轻的生命会这样轻而易举地离开我们。

04

此后很长的一段时间里，我们都沉浸在杨阳自杀的悲伤里，一边为杨阳惋惜，一边自责，应该给予他更多的关心。而在他身上发生的那些事，也渐渐清晰起来。

原来，杨阳的爸爸炒股输了全部身家，突发脑血栓急需手术。

杨阳的妈妈在丈夫做手术时，喝农药自杀了，这之后没多久，杨阳从学校的天台上纵身跃下，以最简单的方式告别了这个世界。

之后听说，调查这件事的警察从现场的脚印分析，杨阳在跳楼之前有过犹豫。我不知道这话的真实性有多少，我只知道，如果他活着，日子还是能继续的。他的人生在二十多岁就画上了休止符，在他坠落的过程中，也许他已经悔不当初了。

后来，杨阳的父亲，这个无比坚强的男人带我们去祭奠杨阳。

杨阳父亲当年的手术很成功，人到中年，最怕一夜间倾家荡产，而这个四十多岁的男人还担负着独自照顾女儿的重责，所幸，他没有放弃自己。

杨阳的父亲开始创业，一个落魄的男人不仅要起早贪黑地工作，还要兼顾当爹当妈的生活。上天真的不会辜负既努力又勇敢的人，他凭借多年来的工作经验和积累的人脉，再一次获得了事业上的成功，短短的几年时间，他不仅赎回了当初变卖的房子，也把女儿照顾得知书达理。

这些年，我常常想，如果当初杨阳也能像他父亲一样坚强地活下来，如今该是一番怎样的情景？他和他的女朋友应该结婚了吧，也许还有了可爱的孩子……

可惜，世间从来没有如果，面对突如其来的变故，我们都曾措手不及，但绝望和自我放弃并不是一个聪明的方法，敢于直面残酷生活的人才是生命的勇士，既然连死都不畏惧，又为何害怕活下去呢？

一个没有经过风吹雨打的年轻生命，在人生黯淡的时光里，他选择了逃避，留给别人无尽的忧伤和惋惜；一个是历经沧桑的生命，在人生黯淡的时光里，他努力向上，担起了他该付的责任，不仅重新刷新了自己的人生，还带着自己的女儿走出一段不堪回首的记忆。

生命真的应该是一首赞歌，我们歌颂、我们称赞，每天都有无数的人向上天求生，而你又有何理由放弃这个精彩的世界呢？

只愿，你我有一颗坚强与勇敢的心，路过荆棘，所向披靡！那样的你，一定能感动上苍；那样的你，才值得拥有最美好的生命。

看那些沦陷在穷困潦倒里不劳而获的人们

有一个现象很有趣，例如你开车撞倒了一名闯红灯的行人，一般情况下行人负70%的责任，你要负剩下全部的责任，因为行人是弱势群体。但如果开车的你变成了行人，你就会立刻变成所谓的弱势群体。

所以，你发现没有，我们定义的弱势群体并非是生活在贫困线以下的贫民，而是一种毫无缘由的对比。比如，一个穿着华丽的人受到衣衫褴褛的人莫名其妙的攻击，不知情的目击者总会潜意识地认为，一定是那个光鲜亮丽的人无理取闹。

这个世界大概如此：叫得越惨的人，越值得被大多数人同情，并更容易得到外界的帮助。但你大概从来没有想过，这样的思维对富人并没有太大的影响，却让一部分弱势群体穷得更加理直气壮。

讲个真实的故事：读书的时候我们班有一对双胞胎，姐姐总是很努力，不仅成绩优异而且多才多艺，羡煞旁人；妹妹则表现平平，一切都随遇而安，不争不抢，性格倒也算讨喜。

大学毕业，姐姐幸运地在省会找到了一份体面的工作，妹妹则回到小城市做起了售货员。毕业之后的一两年，两姐妹的关系还是如以前一样亲密无间，姐姐每次回家，都会从省城给妹妹带回很多漂亮的衣服和各种各样的新鲜物。

后来，两姐妹相继结婚、生子，优秀的姐姐理所当然地觅得良缘，而妹妹却迷恋上了当地的一个混子。混子会哄人，妹妹在他狂轰滥炸的甜言蜜语、嘘寒问暖下彻底沦陷，这段爱情当然得不到父母的祝福，尽管父母和姐姐极力劝阻，妹妹还是坚定不移地嫁给了他。

几年之后，姐姐和她老公凭借各自的努力不断地升职、加薪。妹妹过得很不好，她原本就软弱的性格完全留不住一颗浪子的心，混子另觅新欢，抛下了她和一个可爱的女儿。

这个世界有时候真的很不公平，命运常常锦上添花却不会雪中送炭；这个社会有时候真的很现实，哪怕是骨肉亲情，也会随着彼此的不对等而渐渐疏远。她们当然也不例外，姐妹间的联系不知不觉地减少了很多，说起来都是些冠冕堂皇的理由：各自有各自的生活，大家都忙得不要不要的。但事实上，所有人都心知肚明：彼此再也不是同一个世界里的人，尽管姐姐尽全力弥补这段关系，妹妹却总是不太愿意领情。

她们之间好像有一根紧绷着的弦，一不小心便有可能彻底断裂，终于，"战争"还是爆发了。有一年过年，当小城市的人们都欢呼雀跃地迎接新年时，两姐妹却吵得面红耳赤。起因很简单：以往年初一，两姐妹都会约好一早去给父母拜年，但今年，姐姐先去给同在一个城市的领导拜了年，回娘家的时候已过午时。本是件芝麻大的小事，可是妹妹却不依不饶，大骂姐姐越来越势利，越来越喜欢趋炎附势。姐姐当然很委屈，妹妹永远无法理解她的艰辛，她拼了命地努力难道只为了自己的小家吗？她常年补贴拿着微薄的工资、连养活女儿都需要她接济的妹妹，一旦父母生病，医药费也全部都由她来承担。姑且不谈这些琐事，升职加薪和生活的不易都有太多妹妹不懂的艰辛。

事后，姐姐不计前嫌，在征得老公的同意后，她把妹妹接到了省城来生活，并凭借她这些年积累的人脉给妹妹找了份工作，工资足够养活她和孩子。

可一个月还未到，妹妹就辞了职，她不断地向姐姐抱怨这份工作太过辛苦，但她却不知道姐姐工作之初也常常通宵加班。

姐姐没有过多地责备妹妹，因为她始终认为，条件优越的她有责任、有义务去帮助妹妹。于是，姐姐忍气吞声，又托人给妹妹找了另一份工作，这份工作的工作时间不长，当然，收入也不会高。果然，没过多久，妹妹又辞职了，理由是工资太低。

几次三番，姐姐的老公自然会有所不满。于是，姐夫便真心实意地教育妹妹："这世上从来都没有不劳而获这件事情，你现在不但要养活自己，还要养活子女，你已经有过一场不幸的婚姻，难道还要毁了自己的人生吗？你才三十多岁，只要你够努力，这个社会从来就不会饿死任何人！但最可怕的是你穷得理所当然，那任何人都帮不了你……"

姐夫苦口婆心地劝导了她一番，原以为她会有所长进，没想到她竟反驳得让他们无言以对。妹妹抱怨道："有钱又怎么样？有钱就像我姐这样吗？一年买不了几件衣服，穿来穿去都是旧衣服。你们瞧不起我，我还鄙视你们不懂享受生活呢！我要是有钱，一定过得比你们好，再说了，你们既然那么有钱，为什么不干脆养着我和我的女儿？给我介绍的工作要么辛苦，要么赚不到钱，你们不就是嫌弃我穷吗？与其说你们想帮我，倒不如说你们怕我丢人，怕我成为你们的拖累，所以，急不可耐地把我推销出去吧！"

妹妹说完，摔门而出，留下已然惊呆了的姐姐和姐夫。

妹妹的话恰恰完完全全地展现出了生活在这个社会里的一部分穷人的想法。

很奇怪，他们一直在寻求平等——自己与别人获得平等工作的机会，子女如愿以偿地进入一所好学校。当然，他们所寻求的平等永远落于权利上，若究其责任，他们则不愿意为拥有这些权利埋单。究其原因，他们则会回答：难道我穷就非得低人一等？

你知道低人一等的是什么吗？低人一等的不是你所见到的社

会地位、金钱，抑或是荣誉，这些外表所见的东西不过是外界给出的定义，没有对错只有是非。而平等是什么？平等是精神上的独立，只不过这种独立依附于物质的富饶，你不用混淆概念地把你想逃脱责任的懒惰称作"不平等"。

从小享有教育权利的你不愿意像别人一样挑灯夜读，后来看着凭着自己的高学历有了份好工作的人，你就会假想人家是官二代或者是富二代，你从不检讨自己不够踏实、努力、上进，你只会抱怨和幻想。

如同妹妹，有些不富裕的人乐于批评富有的人不懂享受生活。且不提这句话有没有自我安慰的成分，姑且来聊一聊"舍得"一词。就社会大部分精英来说，他们的成功除了机遇之外都离不开辛勤的付出，财富的积累并非你想象的轻而易举，没有起早贪黑、摸爬滚打而积累财富的人生经历，是不会懂得中产阶级眼中的"不舍得"的。

妹妹所谓的舍得是什么？就是即便食不果腹也要去购置新衣，装饰她那毫无灵魂的躯壳。而中产阶级的"舍得"用在哪？用在提高生活品质和培养更优秀的下一代上。所以你能体会所谓的"舍得"和"投资"的差别吗？

我身边有很多这样中产阶级的朋友，他们一旦成功便担负起养活全家的重责。这样的责任不容推卸，一旦他们拒绝便会被贴上"忘恩负义"的标签。孰不知，他们所有的成就大抵都是他们自己奋斗出的结果，与别人并无关。而"嗟来食"者则显得无比坦荡、从容，仿佛这一切都是天经地义、理所当然的——因为你比我富有，所以你负有养活我的职责。

姐姐可能从来没有想过妹妹为什么不懂感恩，不愿上进，事实上，正因为姐姐的"善举"让妹妹丧失了某一种奋进的能力。如果所有的东西都来得轻而易举便没有人会懂得珍惜，而一旦有一天你拿走了这些东西，他便会觉得遭受到了赤裸裸的抛弃。

我从不认同人分三六九等的说法，也从不喜欢用一类人去囊括一帮人，这样的说法未免有些片面。虽然不是遍地黄金，可只要你不辞劳苦，总不会穷困潦倒到需要他人的接济去维持生存。

我崇尚任何形式的平等，尤其是精神层面的平等，无关乎你是否周身名牌，只关乎你是否有一颗高尚的灵魂。沦陷在穷困潦倒里不劳而获的人们啊，只要你们愿意走出去，你就永远不需要向任何人低头弯腰，你所有的收获都是点滴的积累，无论多与少都值得被尊重；奋斗了那么多年才有了如今生活的人啊，请别滥用你的同情心，也不必居高临下地施舍任何人，你不能给予他们一世安好，那么就请别毁了他们的人生，错给他们一个假象——即便不劳也能有所获得。

你的付出也许只是为了成全自己

　　我常常被问到一个问题："为什么我对他那么好，他却可以若无其事，难道他对我好一点会死吗？"嗨，朋友，事实可能真的如此：你对他的好，他不仅不愿意给予回应，而且内心正承受着无比大的压力。

　　我所理解的爱是无所求的，我所理解的真正对一个人好也是无所求的。

　　发自心底为别人好，除了无所求之外还有其他众多因素。首先，你不仅懂得换位思考，而且明确地知道他需要些什么，你能正确地给予他物质以及精神上的帮助；其次，你所有的付出都建立在心甘情愿并不求回报的基础之上。"心甘情愿"这个词，说起来悠然自得，但能在不断地付出后依旧无怨无悔却难如登天。

举两个例子。

第一个故事是关于爱情的。

我有位发小在与男友分手后与另一个他成为了朋友，他们谈了九年的恋爱，新男友却在即将步入结婚殿堂时劈腿并提出与发小分手。

爱情有时候毫无道理可讲，此渣男的无耻行径，本是人人得而诛之，发小却一如既往地喜欢着他，她固执地认为，成为朋友至少说明她还没有完完全全地失去他，于是，她委曲求全地守着这份尴尬的友谊。

好多年过去了，他的身边换过无数个女生，他们的友谊仍旧天长地久，他一直视她为家人般的朋友，他们无话不谈，他甚至会毫不忌讳地与她讨论他的女朋友们。

我曾经很怀疑这样一种奇葩的关系，男的打死不揭穿她对他的那份惦记，女的说什么也不提出重归于好的要求。他坦然地接受着她的好，她成为他生命中的最佳前女友，安分守己地扮演着红颜知己和备胎的角色。

原本这样的平衡未被打破，她的付出总是无怨无悔的，我们几个偶尔替她打抱不平，她都会直接搪塞过去，但其实谁都知道，她一直这么守着他，不过是因为他并没有稳定的对象，她不停地幻想着，等到他风景都看透，也许有一天他们会和好如初，此生不离不弃。

可惜生活向来不遂人愿，他还是遇到了真爱，并且下定决心为了那姑娘浪子回头。他不停地向她称赞着那姑娘，她含笑应付着他，甚至鼓励他要用心去追求。我们一头雾水，她却解释说，他对每一个都是从自诩遇到真爱开始，最后却都以草草分手而告终。

可这次她猜错了，他真正爱上了那个姑娘，恰好那个姑娘也爱他，彼此情投意合，感情迅速升温，不久之后便同居了。发小突然觉得手足无措，她开始寻找公平，他怎么可以就此与她断得彻底？

为了表示对现女友的忠贞，他再也不会及时回复她的短信，周末也不会赴她的约，更不会深夜找她聊天。

时间一长，发小便开始抓狂，甚至失眠，发小不停地向我们抱怨："难道我这些年的付出都白费了吗？他是瞎子吗？他是猪吗？他的良心被狗吃了吗？怎么我做了这么多到头来却什么也没换来？"

虽说心有无数愤愤不平，但感情又岂能说放就放？无论我们如何劝说，发小仍旧一边不停地向我们哭诉，一边还在有所期待地付出。

有次，他和那姑娘吵架，一气之下竟把手机扔进了水里，他再次向发小寻求安慰，抱怨那个姑娘太不懂事，他想存钱买房，生活本就不宽裕，现在还要花钱买手机，日子别提过得多窘迫了。

发小听罢，大喜，心想：他们估计得黄。正巧，那段时间股市不错，发小本就学习金融，自然能赚到不少钱。于是，发小跟他说，带他一起炒股，并打包票一个星期就能帮他赚回一部iphone6的钱。

他自然喜出望外，此等只赚不赔的买卖一锤定音。

可惜，发小的如意算盘打错了，她低估了他对那姑娘的喜欢，没过多久，他竟与那姑娘和好如初，并向那姑娘坦诚了他请发小帮忙炒股的事。那姑娘自然不依不饶，命令他立刻把钱从发小那里要回来，并且不允许他们再有任何来往。

他被逼无奈，半夜给发小打电话要钱，并请发小以后再也不要联系他。

发小突然意识到这次他对那姑娘是认真的，她真的就要这样失去他了，于是，发小声嘶力竭地质问他，这么多年，凭什么理所当然地接受她对他的好。

发小喋喋不休了很久，他却愣了半天，因为在他心里，发小对他的好一直都是心甘情愿的，他可以高高在上地站在太阳下享受这种好，因为他一直自以为她对他的好是温暖且免单的。

发小也一直没想明白，为什么她付出那么多他却无动于衷。

扪心自问，从他们分手到现在，发小留在他身边为他做尽了她能做的事并非无欲无求。她若一早便猜到了这样的结局，绝不愿意死心塌地地付出这么多，还坚持了这么久。

发小之所以多年如一日地为他付出，不过是为了成全自己那颗卑微地爱着他的心，被爱的人总是有恃无恐，你能怪他无情吗？毕竟你付出的初衷从来不单纯啊！

第二个故事是关乎友情的。

我的一个同事小美曾向我抱怨她的一个朋友小静，原因很简单：她总是给小静带去很多美食之类的新鲜玩意，但每次小静都只是欣然接受，从未给予过小美同等的回报，小美觉得小静是个只懂索取绝不回报的人。作为朋友，她送礼物给小静的初衷不过是想与她分享，可日子长了，面对毫无表示的小静，她总还是心里有些不是滋味。

你也许认为好朋友之间不应该为这些小事斤斤计较，但人常常会犯的一个错误就是：只有作为旁观者才能明辨是非，一旦身临其境，理智从来无法完全遵从于情感。人性这门高深的学问，任我们谁都猜不透。

当然，小静也觉得很委屈，小美家境不错，总有不少人给他们送去有机食品等市面上不太常见的东西，小美确实不吝啬，经常与小静分享这些东西。但在小静眼里，小美的这些礼物都是唾手可得的，既然小美自愿与她分享，她从未想过她需要为此埋单。

可在小美看来，既然她与小静分享了这些，那小静也应该适时地与她分享些什么。

我们多姿多彩的生活里诸如此类的事情举不胜举，人总会因为寻求那一点平衡而失衡，不自觉地将自己的好心付出变成了一场十足的交易。

任何情感的维系都不仅仅需要精神上的沟通，有时候还需要有些精神层面之外的互换，譬如恋人间情人节的礼物。可我们终究是凡夫俗子，连做到换位思考都不容易，更何况谈及无私奉献！

所以，你还要再苦苦深究为什么别人没有给予与你的付出相对等的回报吗？你若不能做到付出的同时一无所求的话，就不要用你认为的好去惊扰了旁人的幸福，也永远不要试图用你一厢情愿的付出去绑架和感动任何人。你要明白，每个人都是一个独立的个体，你以为你拼命地付出他应该给予回应，否则他就成了无情无义之人，可你大概忘了，当初死心塌地对他好的人一直都是你自己而已。没有人需要为你的付出埋单，因为你所有的付出也许只是为了成全和感动自己罢了。

我们无法预见我们的人生，唯有永不丢弃自己

我想，很多人都曾有过这样一个梦想，希望能拥有预知未来的能力。当然，这真的只能是一个幻想——幻想就是永远不可能实现的理想。因为永远都无法拥有这样的超能力，于是，我们只能用"要是""如果""假如"这些假设性的词汇去描述一段让我们后悔不已的经历，诸如：要是当初知道是这样，我一定不会嫁给他；如果我知道现在是这样的结果，我一定不会选择这份工作……

但是，人生的奇妙与精彩之处，大概也就在于下一秒的未知，我们未能拥有将时光倒流的能力，可我们却能赋予自己乐观的心态和不停努力的能力。

我结识过一位美好的女人，用"美好"一词，只因我并不喜

欢用诸如"闭月羞花"之类的词去形容我喜欢的女人，我矫情地以为所有的美貌终将散去，而美好到可以温暖自己顺带温暖别人的女人才是最后的Queen。

说她是温暖自己顺带温暖到别人的人其实一点也不夸张。她天性乐观、开朗，虽然事业有成，但却从来谦卑，极其乐于与各种人分享她的生活——从点点滴滴的图片到娓娓道来的故事，她总是不急不慢、不慌不忙地记录着她的人生。

我喜欢极了她这样的叙述方式，就像是与一位认识了很久的故友聊天。她的生活永远戴着幸福的光环，以至于我曾经自顾自地认为，她应该是个从小到大都受着生活眷顾的人，所以她才拥有这般如阳光般温暖别人的能量。

初识她时，她是所有人眼中的人生赢家——事业蒸蒸日上，婚姻幸福美满，还有着一个可爱的小女儿。也许连上天都妒忌她的幸福，人到中年，她竟然遭遇了丈夫的背叛。

我常常觉得，人如果永远一无所有也就罢了，最怕的便是奋力地拼到了一个高度，却在一夜间被打回原形。起初，我们都特别替她担心，因为她是个重情重义之人，也是个对爱情极其专一的人。出乎意料，她的豁达、乐观、努力拯救了婚姻已经岌岌可危的她。

我曾经听她讲过她与他的爱情。他们是大学同学，属于惺惺相惜的精神伴侣，毕业之际，他们约定毕业一年后就结婚。后来，两人都在魔都找了份工作，刚毕业的大学生，自然薪水不高，但魔都的房子租金高，两人只得挤在只有二三十平的房子里凑合着。尽管日子过得并不富裕，但那段日子却写满了两个年轻人的快乐与朝气。后来，她的父亲由于投资失败，一夜之间倾家荡产，还欠下了巨额的外债，接到母亲电话的时候，她一下就蒙了，她惊慌失措地问他："我什么都没有了，什么都没有了……你还要不要我？"

什么是爱情呢？就是即便对方负债累累，你仍不会觉得他是个负担。他使劲地抱着哭得全身颤抖的她，肯定地说道："我们明天就去领证！"

"你们看，他连求婚都这么草率！"每当她与我们讲起那段往事，她都会自嘲，但满脸都写满了幸福。

是的，在她最艰难的时刻，他带着她冲到了民政局领了证。两人窝在小房子里奋斗了两年，从一无所有开始，渐渐积累了些财富，但他却遭遇单位裁员，没有任何后台的他自然在第一批裁员名单中。

那天，他哭丧着脸回家，一进家门便死死地抱着正在做饭的她："老婆，我失业了，我们离买房又远了一步，我对不起你，是我没用！"

她安慰了他一夜，第二天一早就冲进了她领导的办公室，也不知道从哪里来的勇气，初出茅庐的她竟然请求她领导也给他安排一个职位，她泪雨梨花地乞求着领导："我老公失业了，能不能给他一个机会来我们单位？他很优秀，我相信他一定能给我们单位带来效益，您可以考核他，对，考核他！领导，为了留在这座城市，我们真的已经非常非常努力了，请您给他一个机会好不好？他真的不能没有工作，这会挫伤他的自尊心，而且，如果他丢了工作，我们真的只有回家了……"

她噼里啪啦地说了一大堆，最后，领导答应了她的请求。当然，领导只是怕她会真随着他回到小城市，他当然不愿意失去她这位得力干将。

后来，他们凭借自己的工作能力，获得了事业上的成就，在魔都有了房，也有了可爱的女儿。如果是童话故事，也许可以画上个句号——从此，王子和公主有了小baby，他们过上了幸福生活，只可惜，人生总是充满变数，无法预见。

刚过完十周年结婚纪念日，老公的情人却来找她摊牌。是的，她不得不承认，她遭遇了丈夫出轨。骄傲如她，自然容不得丈夫的不轨行为。所幸，这些年来，因为她的努力，在工作上，她已经成为了公司的骨干；幸好，因为她的善良、积极、乐观与好客，生活里，她除了他还拥有无数朋友。

这一切来得措手不及，她没有多余的时间像个小女孩一样，去歇斯底里地向他要个理由，她只是默默地离了婚，努力地将自己活成了独行侠。她迅速从那个家里搬了出来，从此，她同时扮演着母亲和父亲的角色。她定期给女儿拍照，写了好多本关于女儿成长的点滴记事；她找律师与丈夫办理离婚手续，全程毫不拖泥带水。她一个人不哭不闹，默默地度过了一段特别难熬的时光。

失败的婚姻并没有毁了她，她仍旧是一位有着诗人情怀的女人，是我喜欢的性情中人。她的经历，让我不得不认真地思考我们的未来。

我努力地把她的故事描述完整，然后讲给我身边的女性朋友们听。大家的第一反应总是类似的：这样的男人她当初怎么会嫁呢？我总是努力地辩解，如果当初她知道他是这样的人，或者说她能预见如此不堪的结局，又怎会有相爱、相恋和梦幻般的婚礼呢？

但大多数人会继续反问，出轨的男人总会露出些马脚来，她怎么会看不出来呢？

我只能陷入沉默，精明如王熙凤、聪慧如薛宝钗都未能预见她们的未来，又何况诸如我们之类的凡夫俗子？

好友相聚，总会谈论起父辈的婚姻，并非真有爱，可依然能过好一生，而我们一直在追寻真爱，可最终也未必就能白首不相离。感慨之余，我们不得不承认，在这个物欲横流的社会里，诱惑太多而我们又不够坚定，于是，爱情和道德常常在战斗，而很多人都输给了道德。我们都无法凌驾于道德之上，对任何人进行批判，而唯一能做的就是，永远不要丢弃自己。

此刻，我只想问一问我的女性朋友们，包括我自己，你们是否还记得当初的梦想？儿时的我想当外交官，长大后却选择了相悖的专业，后来的人生轨道也并非都在自己的掌控之中。唯一值得庆幸的是，我还不至于沦为家庭主妇，一心只为夫君；我还不至于沦为不修边幅的妈咪，一心只为子女；我还不至于沦为生活的奴隶，一心只为名利。

回想起这些年一起看过很多风景的闺蜜，我还都能记起你们当初的理想，我还依稀记得我们谈未来的时候，你们曾经年轻与稚嫩的面庞，虽然那时候的我们，脸上写满了青涩，可依然有勇气追寻我们想要的生活。但如今，我却常常庸人自扰，不停地期盼如今做了家庭主妇的你，能如愿以偿地得到丈夫的尊重、理解与支持。即使有一天，你也拥有岁月留下的皱纹和时间留下的下垂的胸部，他依然记得感恩，他仍然懂得去欣赏这些不美好却珍贵的变化。

生命里随处可见的便是暗藏的变故，我常常后怕，若是将前文的她换成任何一个在婚后已经放弃自己的女人，可能离婚便成了致命的打击。话说至此，我并非想要打消大家乐观的人生态度，我只愿你，能好好地将如今幸福的生活想象成一次一无所有的变故——你将失去你的挚爱，你的至亲，你的工作……乐观的你是否真能有勇气面对这些变故？

我想她无疑还是幸福的，她未曾因为爱将那个男人变成了她唯一的拥有，她坚持着自己的爱好，她拥有着自己的朋友，她最大的财富就是继续活下去的勇气。

走过的路越长，遇见的人越多，我便开始深知命运的未知与不公。我们生来就不是平等的，就如同我们生来就不能预见我们的人生，而唯一可以做的，就是永远记得上扬你微笑的嘴角，无论生活给予你多大的变故，你仍然有勇气、有力量将你的人生继续。人生最怕的便是丢弃自己，人生最不能预见的除了未知的未来，还有因为努力，命运馈赠于你的机遇和幸运。

尊重她的安富尊荣，但我们仍要选择风雨兼程

　　以一个成年人的角度，我愿意尊重所有人的人生选择，这些选择无论是将人生归于平静，或将自己置于风暴之中，每一种选择都代表了一种生活态度，如果能感受到幸福，何尝不是一件幸事？

　　但尽管我尊重别人选择安富尊荣的生活，换作自己，还是更愿选择风雨兼程。

　　十月初，我外公过八十岁生日，全家人给他举办了一个生日宴会。外公出生在一个大家族，兄弟姐妹很多，因此，延续下来，我的兄弟姐妹更多。但若非直系亲属，常常很多年也很难见上一面，比如我和婷姐姐。

　　宴请亲戚那天，我远远地便看见好多年未见的婷姐姐，她背

着LV限量款包，一手抱着一个可爱的男孩，一手牵着一个满脸笑容的女孩。这一幕，大概在旁人眼里是幸福的，可我却在快要与婷姐姐对视的那一刻选择了回避。虽然理智告诉自己，应该尊重所有人的人生选择，但情感上，我无论如何也接受不了——当年我心中的女神沦为了今天这般模样。

我故意和小姐妹们聊天，有意无意地向婷姐姐所在的方向看去。曾经无比干练的她如今已有些发福，虽然周身名牌却只露出一股俗气来，不免让不熟悉她的人怀疑，这些穿戴在她身上的名牌是否只是A货。

奢侈品这东西，比支付得起与否更重要的，可能是是否相映生辉。我记忆里原本不需要这些奢侈品做陪衬的婷姐姐，如今俨然一副市井女人的模样。我似乎能想象得到，周身名牌的她和一群上了年纪的大妈挤在菜市场里的场景，耳边似乎能听得到她与商贩讨价还价的声音，而这样的争吵与巧舌如簧并无关联。

后来，有个十多岁的孩子逗着婷姐姐家的小儿子，不知怎么回事，小儿子居然哇哇地哭了起来。婷姐姐一边哄着自己的宝宝，一边责备那个十多岁的孩子："你看看你怎么回事，怎么把他弄哭了？"

那个十多岁的孩子大概也被婷姐姐的呵斥吓到了，眼泪在眼眶里打转："我没注意碰到了他脖子上的绳子，他也咬我了，你看……"孩子弱弱地掀开袖子，企图让婷姐姐看见她胳膊上的齿痕，但婷姐姐显然没有把第二句话放在心上。

婷姐姐继续呵斥道："你勒到了他的脖子，他当然会反抗。"

我没有继续听他们接下来的对话，我只是感叹岁月是何其残忍，不仅没有洗尽铅华呈素姿，还将原本的美好打包带走；我只是叹息人与人之间真的可以千差万别，哪怕只与过去的自己做对比；我只是庆幸这些年我没有彻底地沦为家庭主妇。

我想每个人的成长过程中都有一种偶像的力量，这种力量永远都在冥冥中推动着你，对儿时的我来说，婷姐姐恰恰就是操控着这种魔力的人。

婷姐姐是外公妹妹家儿子的女儿，我自小对婷姐姐的印象就是——一枚品学兼优的学霸，别人眼里羡慕嫉妒恨的别人家的孩子。

生活在一个传统的中国家庭，每次考试的成绩排名常常是长辈们茶余饭后最喜欢的谈资。那时候，我家和婷姐姐家相隔不远，父亲总是隔三岔五地带回来婷姐姐每次考试成绩名列前茅的喜讯。

我父亲深信"近朱者赤，近墨者黑"的道理，因此，他常带我去婷姐姐家学习交流。我父亲最喜欢让婷姐姐将她的学习心得传授给我。每次我作业遇上难题，父亲便带着我向婷婷姐求教。在儿时的我看来，婷姐姐就像一位智者，好像无论什么难题她都能轻而易举地解决。婷姐姐表达能力也好，每次都能对我循循善诱、举一反三。

成绩优异的她也经常活跃于各种各样的舞台，承包了所有晚会主持人的角色。婷姐姐偶尔还会客串跳个街舞。总而言之，她不仅是个学霸，还是个多才多艺的才女。

婷姐姐一路顺风顺水，被保送到我们那最好的初中、高中，最后免试进了国内某名牌大学。

我很小的时候问过婷姐姐有什么梦想，婷姐姐异常认真地回答我："我要当一名出色的科学家，拿诺贝尔奖然后报效我的祖国。"

我至今都没有忘记婷姐姐说这些话时的语气和神色，就好像一个人气居高不下的天后，那么气势如虹，那么斗志昂扬。

大概没有人知道，那时候的我是多么地崇拜她，"科学家"这个词，在我还没明确的概念和理解前，我已经在心中立誓：我也要像婷姐姐一样，成为一名科学家。好像只有成为科学家，人生才得以完满一样。

那年，我读大一，婷姐姐大学毕业，我本以为她一定会找到一份让她满意的工作，从此叱咤职场，成为精英。

可让我大失所望的是，婷姐姐一毕业就匆忙结了婚——奉子成婚。我跟着母亲去参加她的婚礼，婷姐姐穿着红色的礼服，小腹微微隆起，戴在左手的克拉钻光彩夺目，挂在脖子上的金镶玉挂坠同样新颖别致。只可惜，站在婷姐姐身边的新郎着实一般，一副唯唯诺诺的模样，挂着一张冰冷的脸，对宾客们也丝毫没有一点笑意。

司仪为了调节气氛，请新郎给我们讲一讲他与新娘的爱情故事，新郎拿着话筒与司仪互相推了半天仍旧一句话没讲出来，最后，司仪无奈地把话筒递给了婷姐姐。

宾客们在底下如同看戏一般，纷纷小声地声讨着新郎。那场婚宴是我与偶像的告别宴。我不知道那时候的她是不是真的幸福，我也不知道她有没有将自己当初的梦想完全遗忘，我只知道选择回到小城市彻底变成家庭主妇的她，在我的心里已经走下神坛，渐渐地成为我生命中的一个过客。

好多年过去了，直到如今再见到带着一双儿女、言谈举止无比俗气的她，我才向旁人打听起她的近况。

原来她老公家在我们那座小城开金店，家产倒是不少。本身家境一般的婷姐姐从嫁过去开始就要守着公婆立下的无数规矩过日子。婷姐姐心甘情愿地成为主妇，伺候一家老小的生活起居。婷姐姐生下女儿后，公婆开始不停地抱怨——这么大的家业让一个女孩继承总觉得有些不甘。婷姐姐为了满足老人家的愿望，拼命地想生出一个男孩来。于是，历经两次流产的她，终于如愿以偿地生下了男孩。

这些年忙于操持家务和生孩子的婷姐姐，大概早已将十几年所学的知识抛之脑后，更别提腾出些时间看看书，过一过属于一个精致女人的生活了。于是，大概只有周身奢侈品的伪装能说明她锦衣玉食地活着，而与日俱增的赘肉和空洞的眼神却透露了她这些年到底以何种方式活着……

　　我一直深信，生活如人饮水，冷暖自知，没有人能真正感受到别人生活里的五味杂陈。而我也不愿给任何人的生活妄下定论，也许，婷姐姐给自己的生活打了满分也未可知。

　　从某种角度说，这世上的女人大抵分为两种：一种永远斗志昂扬，她们是生活的主角，无上光荣地拥有着全世界；另一种死心塌地地成为别人生活里的配角，整日里只与柴米油盐酱醋茶打交道。

第一类女人通常不畏惧生活的艰难与变故。她们有足够的能力应付周遭复杂的人际关系，即便丈夫出轨，她们也拥有足够的财力去继续她们色彩斑斓的生活。当然，她们也不是如外表那般光鲜亮丽，她们一路摸爬滚打，就像永远打不死的小强，无比坚强地在这个世间活着，书写属于自己的篇章。

另一类女人选择了相对安逸的生活。她们不用面对繁重的工作，无须应付别人的虚情假意，她们活在自己的小家里。她们熟知柴米油盐酱醋茶的价格，她们除了关心粮食与蔬菜外还关注儿女的成长，但她们常常忽略自己。她们比谁都更珍惜如今美满和睦的家庭，因为家便是她们的全部，世界确实很大，她们从不能说走就走。

唯愿选择风雨兼程的女人们永远气势如虹、梦想成真，愿选择安逸的女人们永不会遭受生活的变故，一世安稳。但可惜世事无常，一世安稳常常只是个美好的愿景，所以，姑娘们，我仍希望我们用勇气去选择栉风沐雨的生活，成为自己生活里的主角。

世界那么大，别妄想馅饼恰好砸中你我

昨晚朋友圈有一位好友晒她老爸做的早餐——品种丰富、色香味俱全，状态一发引来无数羡慕嫉妒恨，纷纷表示："请教我如何投胎？"

我故意调侃这位好友："目的已达成，您晒得一手好爸爸啊！"

哪知这位姑娘并未领情，絮絮叨叨地跟我扯着："你看看你们这些人类，眼里所见的别人的美好好像都是馅饼，可到现在我也没真见着有馅饼砸下来啊，就算真有馅饼，世界那么大，别妄想真能砸到你！"

听罢，我突然意识到，这个世界是多么地充满恶意——我们羡慕富二代奢侈的生活，总以为这些金钱落你手里定能成就一番

事业；我们羡慕天生丽质的美女，总觉得是美貌护送她们一路前行；我们羡慕从小就有某些天赋与特长的才子，总认为人家白瞎了上苍的垂青。

总而言之，他们能有所成就都是因为被上帝的苹果砸到而已，而你只不过是缺少了那么一点点的运气罢了。

可你以为即便苹果砸到你，你就能翻云覆雨，从此开拓出一片天空吗？

我认识一位特别年轻的村书记，在24岁的年纪就担任重责的他，自然而然地成为很多人眼中的幸运儿。

我听过关于他最可笑的评价就是："他不过是有些机遇，恰逢老书记年满退休，村里年轻干部后备不足，而他刚好各方面都符合要求而已。"

你看，用词是多么恰当——"机遇""恰逢""刚好"，个个都在诉说着某些隐藏不住的羡慕嫉妒恨。可谁又曾想过，这位年轻的小伙从一名普通的大学生村官走到如今的位置到底付出多少旁人无从体会的艰辛？

刚大学毕业那会，他也不过是个普通的大学生，稚嫩、青涩、满腔热血。当然，80后的他同样也是娇生惯养的独生子女，打小衣食无忧，没受过什么苦。

刚进村的时候，正逢"大暑"，天气燥热得厉害。他一个人拎着两个大箱子，在坑坑洼洼的路上一边艰难地走着，一边抓住好不容易等到的行人问路。他花了整整一天的时间，转了六趟公交车才找到这个陌生的地方。

村上领导安排他和同事们住在山上的一个废弃的养老院里。等他陆陆续续整理完行李已经到了半夜。这个废弃的养老院就像一个杂草丛生的动物世界，不过都不是些珍贵的动物——老鼠、黄鼠狼、野狗、野猫，当然，还有当晚就爬到他脸上的蜈蚣。

每每与我们谈及他与蜈蚣的肌肤之亲，他总是很幽默地向我们倒苦水："这辈子的初吻竟然献给了蜈蚣。"乐观并且内心强大的人，总能把所受的苦当作笑话讲出来。

后来镇上的领导把他分配到村里工作，于是，他又换到了村部大楼去居住。随着城市化进程的推进，农村里的人越来越少了。每当夜幕降临，同事们都下班回家后，整栋村部大楼就只剩下他一个人。

村部大楼就在马路边，门上也没有锁，半夜里两三点经常有人敲他的门。村民总是很关切这位替他们做实事的小村官，他们经常问他："你一个小娃子住村里不害怕吗，万一晚上有人把你抢了咋办呀？"

可他每次都会笑呵呵地回答："没事，我知道大爷大妈们都是好人啊，况且我一个男娃有啥好怕的？最主要的是，我住村里，晚上有人有事找我反映也方便呀！"

那时候的他一定不知道，他为老百姓尽心尽力地谋福利，在他提拔后，老百姓也回应了他——他们能力范围内的大力支持。

有一年，年终，他整理材料，为了保质保量地完成任务，他连续一个星期加班加点，查找各种资料，弄懂各项考核指标。最后一天，他熬了一整夜，在没有任何人帮助的情况下，把所有材料整理得一清二楚。

第二天天亮的时候他才发现整座城市迎来了初雪，他满心欢喜地望着窗外的大雪，又从镜子中看到了憔悴的自己。那一刻，他在想，也许青春无悔大抵就是这个意思——在年轻的时候，拼尽全力为祖国效劳。

可完成工作的小成就感并未能阻止病魔的来临。走出雪地回到宿舍后，他连续一个星期都在发高烧，被同事们送进了医院。因为他的努力，他们部门的年终考核等级都是优秀，他的付出得到了领导的肯定。

可能自古真的忠孝难两全，这位年轻小伙为了解决村里矛盾，几乎没有时间陪家人，逢年过节本是阖家团聚的日子，但他总是抽不开身，更别提好好地与女朋友约会，村里的工作事多并且杂，没有一个固定的上下班时间，所以，与女朋友看电影被迫取消，答应和女朋友一起旅游只能一推再推，年轻男女正常的见面聊天到他这里都成了一种奢望，每次女朋友气愤地与他理论的时候，他只能苦笑着回答："马上就好，很快就可以处理好了。"但事实上，这样的"马上"可能就是一整天。

没有这些努力，哪里能成就如今年轻有为的他？而今，当上村支书的他，更懂得老百姓的疾苦。他们村里所有的路都是农村土路，没有一条水泥路，群众出行太难。为了改善这一状况，彻底解决这一问题，他跑了很多部门争取资金，争取项目。

不仅如此，他还需要做好群众工作。建设一条路涉及征地、青苗补偿，甚至有些是房屋拆迁工作。为了省一部分钱，他便与有些漫天要价的人开始拉锯战，常常一天跑到这些人家很多趟，即便很多时候别人都是冷脸相待。

如今，旁人都羡煞他事业上的顺风顺水，但大概只有他身边的同事们才看得见他并不容易的日常——白天忙于处理各种矛盾，晚上劳心于加班加点赶材料。不幸碰上雷雨天气，他还要挨家挨户地走访孤寡老人，生怕雷电毁了老人们的房子。

常有熟知他工作性质的人问他："这么累，没有想过换一份工作吗？"

他不知哪里来的乐观，总会很开心地回答："不累，干成了我就高兴。"

我有一位女同学，28岁的年纪被提拔为部门主管——又一个被外界定义为"被馅饼砸到的人"。我一路看着她走过来，只觉如果真有馅饼，她应该走一条更顺畅的捷径才对。

这位女同学大学毕业后进入一家外企工作。姑娘的工作性质是长期出差，并且出差的地方大多条件很艰苦。姑娘家境优越，从小便在家人的呵护下长大，在所有人的眼里，姑娘很快便会离职，千金小姐哪有这样的心境去忍受这份苦？可让所有人惊讶的是，这位姑娘不仅未离职，还干得特别出色。

一晃两年过去了，有次同学聊天，大家询问她走过那么多的地方有没有什么特别有趣的事。

姑娘爽朗地给我们讲了她这些年的经历："有次在阿克苏，刚好遇上新疆暴乱，每条路都有警察护送，那时候我觉得我就像个公主殿下，哈哈……后来，我好不容易到了酒店，却在酒店的抽屉里发现一把一米多长的刀！"

大家议论纷纷，然后问她："你当时就不觉得害怕吗？"

姑娘淡定地回答："害怕有什么用？这些年，我学会了遇事解决，害怕是最无用之事！"

听罢，我们突然意识到，当年的这位小公主已经蜕变成了如今的女王。大家意犹未尽，姑娘又打开了话匣子："当天凌晨，我住的那个酒店发生命案，好多人在走廊里叫着、喊着，警察向所有人询问、录口供。我当时一个人窝在被窝里，心里唯一想的就是，只有待在屋里才是最安全的。"

我问她："难道你就没想过换份工作吗？"

姑娘意味深长地笑道："哪有一份工作能满足你所有的要求？比起不停地寻找捷径，等待命运垂青，我更喜欢一条道走到底。"

姑娘出差了很多年，像阿克苏那样的经历还有很多，比如：某次在驻马店被骗，身无分文的她差点流落街头；还有，在洛阳的某家宾馆，她被醉汉骚扰差点失身。可所有的这些，她说起来的时候就像是在陈述别人的故事。

有一天，当你能笑着说出当年蒙受的苦难，你必然已经走过那段滩涂，成为了自己的英雄，而姑娘便是这样成为了领导与同事们心中的英雄。

那次聚会快要结束时，我们一时兴起，便问大家见过最美的朝霞在哪。有人说在泰山，有人说在玉龙雪山，可姑娘说，她见过最美的东方露白是在某个偏远小镇的光伏电站。她说，那次的项目赶工期，却又遇到了很多始料不及的问题，用户责难：如若第二天不能上线便取消与他们公司的所有合作。姑娘和她的同事们自然不敢怠慢，在姑娘的带领下他们通宵加班，攻克技术难关，终于赶在凌晨四五点钟完工。

姑娘说，走出光伏电站的时候，外面白雪皑皑，太阳就那么不经意间跳进了人们的视线，她就好像看到了天堂一般。

当然，姑娘没有提及，那天她带着大姨妈发着高烧，像个男人一样奋斗在一线。尽管如此，在很长一段时间，领导褒奖的人都不是她，换作旁人估计早就心生怨恨，可姑娘从未有过不甘，仍旧拼了命地工作。

姑娘说，你所有的努力都不是为了升职或者加薪，你的努力是为了对得起自己，是为了成为别人代替不了的人。当然，这些年，姑娘积累了无数现场经验，并凭借过硬的专业技能和处事能力收获了无数客户的赞赏与褒奖，最终得到领导赏识，成为了他们公司年纪最轻的女经理。

我从不相信这个世界有所谓的幸运，一个名不见经传的小演员某一天因为某部剧红透了半边天，你以为他那是运气，但你又怎么知道，在无数个演小人物的剧里，他甚至比主演都要认真。如果不是他一直以来孜孜不倦的努力，无论什么剧本，他都难担当起主角的重任。

我们看到的常常是别人成功的结果，而这结果的充分必要条件总容易被我们忽略。岁月总要慢慢走，你永远不要奢求真有苹果砸出第二个牛顿，你唯一能做的便是不断努力，然后成为那个独一无二的你。

哪有不劳而获的光鲜亮丽？戴着王冠的人能受其重，将这其中的艰辛当作玩笑加以调侃，而作为听众的你便愚蠢地认为他们的成功不过是因为上帝垂青，向他们抛去了橄榄枝罢了。但就算上帝真向你抛去橄榄枝，没有任何才能积累的你又有何把握稳操胜券，像别人一样手握风云呢？

这些年你亲手毁了当初那个意气风发的自己

人一上了年纪便喜欢念旧，过往的种种无论是甜如蜜还是苦似莲心都无关紧要，那些个日子里总有温暖过你的人和事，好像岁月只留下了如美酒般醇美的回忆。

读书的时候总抱怨压力山大，期盼快快长大，长大后才发现，升学的压力是这世上唯一不值得倒出来的苦，因为这样的苦永远都伴随着乐趣。最重要的是那段日子永远有一帮和你一样风华正茂的少年，他们是青葱岁月里最好的馈赠。

还未步入中年，同学中就有人开始念旧，于是，属于我们的微信群便轻轻松松地建立了。朋友圈建立之初，大家都如初见一样互相寒暄。女人们都在瞄着当年的男神，男人们都无比关注当年的女神。原本一切安好，但在再一次互相熟络后，女人们有了强烈的落差感——当年的男神如今竟然变成了最欠揍的人。

为什么欠揍呢？因为当年玉树临风的男神多了太多市井之气，貌似无意地炫耀着他如今"养尊处优"的生活。男神曾经是血气方刚的小伙子，数理化门门优秀，为人幽默风趣又有理想。

大学毕业后，男神发誓要成为一名人民的公仆，优秀的他顺理成章地成了体制内的男人。如今，男神晋升成小科长，原本低调的他自豪感爆棚，毅然决然地挑起群聊话题的重任，言必谈领导重视、企业巴结、下属奉承、人脉宽广，再假装不满地吐槽收入，满脑子除了庸俗就是肤浅。

后来，群里叫嚣着组织聚会，不见倒不打紧，见了面却徒增遗憾——男神未过三十已经大腹便便，脑满肠肥，个性比以前收敛了许多，行事也过度圆滑，推杯换盏间总透出一股令人生厌的傲气，当然，还不忘时不时不露声色地自夸一番。

这些年见识过很多人，如男神这般虽然年轻却早已精神死亡的人自然也少不了。当年都是意气风发的少年，都曾立下誓言、许下心愿：此生要实现梦想，再与心爱的人生一个胖娃娃。可就在这毕业后的短短数年间，他们对而今奢靡的生活建立了归属感，背离了梦想，亲手放弃了当年的自己。

想来多少有些遗憾，这些年到底是什么毁了当初那个意气风发的你？

一、被名利绑架，沦为梦想的叛徒

恰同学少年，风华正茂，我们曾一起唾骂不择手段的资本家，也曾在北京申奥成功时发自肺腑地互相庆贺，最常做的是上课前一起背诵周恩来的《大江歌罢掉头东》。

毕业时，大家端着酒杯互相叮嘱：不忘初心，方得始终。如今想来，那时那张纯净的脸竟成了有些人漫长的人生中最好看的模样。

后来，步入社会的我们渐渐明白了什么叫作现实。于是，你开始被巨大的生活压力包围，你努力地通过好好工作改变现状，在某个城市立业、安家。这一切原本看似很美好，但不知道从何时起，你找到了一条捷径——你开始趋炎附势地去迎合所有人，你深知你的小个性会让你成为异类，所以，你"明智"地选择了同流合污。

当这一切看起来都顺理成章时，你也变成了自己曾经最讨厌的人。你会迷茫：为什么生活突然变成了一潭死水；你会徘徊：好像到哪都要戴着面具，哪都不是自己梦想的家。

小有成就的你又怎么会轻易地承认迷失了自己呢？所以你不停地炫耀你已有的成就，以此来掩盖你那空洞的灵魂。

你原本想要改善生活的心是好的，但你有没有想过，让生活越来越好并不阻碍你成为更好的人，真正放弃你的是你自己，而不是这美好的世界。无论在哪个时代，对你而言，能守住初心就是最好的时代。

李开复在新书《向死而生》的发布会上说："死亡成为了生命里一个无形好友，提醒着我们好好活，不是只度过每个日子，不是追求一个现实名利和目标。"

很可惜，不是人人都有幸在年轻的时候与死神擦肩而过的，而背离了曾经的梦想、价值观，被金钱、欲望和权力绑架的你不面对死亡是难以记起初心的。

你给自己找了无数的借口，你理所当然地成为了梦想的叛徒——背叛了自己、背叛了努力。你心甘情愿地被现实裹挟着，被欲望伙同着，被权力麻醉着。你的本心不够坚韧，你的人生没有一个有力的信仰支撑。想当年，无数革命先辈之所以愿意抛头颅洒热血，是因为他们心中有着大爱，而今，在物质生活逐渐富庶的今天，你却一心只盼升官发财，潦草地书写自己的人生。

你大概忘了人生的意义从来都不是拥有令人称赞的成就，而在于内心的那份坚守。很多人即便在世人眼里碌碌无为，但只要他们努力地守着自己的梦想，直到他的人生走到尽头时，他回忆起这摸爬滚打的大几十年仍不会觉得冰冷——因为在这几万个日子里，每天都有梦相随。

人只有看穿了名利，成为了梦想的信徒，才能不畏惧潦倒和生老病死，才能真正获得自我解脱，成为更好的人。

二、沉陷在错误的精神王国里做一只井底之蛙

这些年你给自己建立了一个精神王国，在这个国度里你为生活和三观找到了归属感，进行了可能长达一生之久的自我放逐。

在你身边，有很多依然有才、有趣也有内容的朋友，可你并不愿意融入他们的生活。你自顾自地给自己画了一个圈，每当朋友圈有人谈及某个话题，你习惯性地将自己变成这个话题的主导，你其实给不了任何人一个有营养的建议，你只是想向所有人炫耀你是多么见多识广。

而事实上，这些年你很少有时间去看看外面的世界，你缺少外来信息的刺激和影响。你总觉得别人都是乏味的人，而你不想被这份乏味所困扰，于是，你骄傲得像个白天鹅，在自己的精神王国里沾沾自喜。

我们来聊一聊你是如何变成井底之蛙的。

毫不夸张地说，精神堕落是从不运动开始的。

读书时，你也曾是个热爱运动的人，没有隆起的小腹和佝偻的背。作为男生的你在固定的时间打篮球、踢足球，作为女生的你在体育课上跳健美操、练习瑜伽。工作之后的你最喜欢宅在家中，每一次拟定好的运动计划总是一次又一次地胎死腹中。

运动到底有多重要？一个坚持运动的人得到的不仅仅是健康的身体，最重要的是，运动的过程中，你慢慢地收获了叫作"恒心"和"毅力"的东西。

就我身边的朋友来说，坚持运动的人大多神采奕奕，有种热情洋溢的朝气，而大部分打死不动的人就如同熊市般死气沉沉。身体一旦适应了这样的懒惰，精神便开始沦陷，这样的"安逸"就像一只无形的推手，慢慢地将你推向煮青蛙的温水中去。

工作后的你与书香绝缘，而一个不读书的人注定会沦为匹夫。

比起读书时的孜孜不倦，如今作为女人的你似乎更喜欢在茶余饭后聊一聊别人的八卦，作为男人的你也更热衷于享受宴席间觥筹交错的成功感。

身体与灵魂就是这样开始变质的。每次体检，你总有这样那样的小毛病，而你永远有借口敷衍、搪塞、安慰自己，直到下一次体检；灵魂再也没有过高潮，读书时穿着真维斯聊人生、谈理想都能显得有范的你，如今背着LV的包也只能通过向别人炫耀去获得空虚的满足感。

三、唯梦想与远方应该历久弥新

假如真有时光机，我多么希望你能去见一见那些峥嵘岁月里的自己。在那漫长的日子里，你铆足了劲努力坚持，你怀抱着一颗炽热的心起早贪黑地拼命读书，你带着你的梦想跟自己约定，要去看尽这世间的美好。毕业时，大家常说N年后再相会，可如今，N多年过去了，那时候的你要是看到自己如今的模样一定会无比后悔当初的付出。

教育的本质是育人而不是育才，国家提供了良好的教育资源，父母含辛茹苦地供养你读书，绝不是为了塑造如今浑浑噩噩、胸无大志、有点小成就就急于让全世界都知道的你。你似乎是丢了灵魂的走肉，而你的目的永远都是些蝇头小利——追求诸如金钱、地位这些别人所给的定论。

走出象牙塔来到这光怪陆离、喧嚣热闹的花花世界，你就像行驶在苍茫大海上的一叶小舟，宽阔和深邃是它的魅力也是它的凶险。风浪和潮汐可以成就你也能毁灭你，急于掌舵起航的你学会了圆滑与世故，成为了利益的计算者和投机者，流连于应酬的酒桌和仕途，可你似乎忘了，那些年你要的梦想和远方即便遥不可及也应该是历久弥新的……

永远不要轻信别人口中的『so easy』

长这么大，你一定听过很多人以过来人的身份鼓励正面临各种挑战的你——其实也不过如此，没那么困难，等你某一天回过头去看，其实就是件小事情。

是的，等你回头去看，已经拥有更多知识武装的你再也不觉得高考试卷题尖酸、刁难；等你回头去看，已经拥有无数现场工作经验的你当然不会把小问题放在眼里；等你回头去看，已经拥有丰富人生阅历的你也自然不会如当初一样，放不下生活中的种种痛苦。可你似乎忘了，当初的你亦如今天的很多人，也曾在深夜里彷徨，久久不能入眠；也曾在酒吧里买醉，祈求一醉解千愁。

走过那段荆棘已经有所成就的你当然值得被称赞，可即便如此，你大概不应该不负责任地告诉任何人——没什么大不了，这事"so easy"！你永远都无法体会，你反反复复重复的"so easy"有可能伤害一个年轻的心。

我的小表妹曾经是个朝气蓬勃、自信满满的青春美少女。她永远自带着银铃般爽朗的笑声，如同一个小婴儿般容易被逗乐。她是个永远的乐天派，这样的乐观让她永远比很多同龄人要勇敢。我总觉得小表妹从来不怕输，也从来不服输，我也常常因为她而心生感叹——年轻真好，青春果然无敌。

小表妹这样的性情大概在她工作两年之后有所改变。由于工作，我们很难有机会见上一面，等我再见小表妹时她已经工作了两年。我在感叹时光飞逝之余，同时感慨着小表妹的变化——小表妹的着装从以前的运动风变成了现在的职业装，这倒也显得她更加干练；举止间没了以前不知轻重的莽撞，这倒也显得得体；只可惜，挂在脸庞的笑容大减，席间，我几乎没听到她那曾经无比熟悉的笑声，连说话都变得唯唯诺诺、瞻前顾后。

我原本以为只有不幸的婚姻或者突如其来的变故才会摧毁一个人，没想到，不顺利的工作也同样具有这般邪恶的力量。

饭后，我约小表妹喝下午茶。以往，我们小姐妹间从不会有所顾忌，每次约了喝下午茶，表妹都是第一个点单的人。她天生有种魔力，就是带动周边的所有人爱上她爱的东西——她的世界里，马卡龙会跳舞，卡布奇诺会说："我们天生一对。"可让我意外的是，当我们习惯性地把菜单递给她时，她先是推辞，实在僵持不下时，她拿着菜单看了半天，眉头紧锁，最后还是放弃了点单。

她犹豫着把菜单递给我："姐，还是你点吧。我也不知道要点什么，我怕……"表妹一改以前有话直说的性格，竟吞吞吐吐起来。

"怎么了？什么事能把我们家的开心果打击成这样？你在怕什么？"我努力扮演着大姐姐循循善诱的角色。

"我怕我点的你们不喜欢，还是你们自己点吧！"小表妹一直低着头，故意回避着我。她这般缺乏自信，让我更担心起来。

后来，在我们所有人苦口婆心的劝说下，小表妹才愿意吐露心声。

原来，刚入职时，小表妹也是一腔热血，屁颠屁颠地跟在老员工身后，死皮赖脸地问着各种各样的专业性问题。老员工总是很没有耐心——其实也并不能责怪他们，小表妹问的问题浅显，而资历匮浅的他们总觉得这些问题本就是她应该掌握的，再加上自己工作本就忙碌，他们便采取敷衍的方式回答她的所有问题。

这只职场小菜鸟丝毫没受影响，仍旧跟在别人的身后不停地学习。她的想法很简单：每天进步一点，总有一天她能具备所有的专业技能。

很可惜，这只菜鸟羽翼还未丰满，领导就给她安排了各种工作。原本乐观的小表妹欣然接受了挑战，一个人背着工具箱，买了车票就大步流星地奔向现场去干活。什么都不懂的她原本没有过多的胆怯，但现实总比想象残忍一些。

小表妹单枪匹马、马不停蹄地赶去现场，在面对用户的时候，她的稚嫩和不专业一览无遗。小表妹不停地给老师傅打电话，老师傅也算和气，但总是针对具体问题提出具体的解决方法，绝不会对这些问题进行进一步的分析、解释。

后来，公司的业务越来越繁重，小表妹的工作状态就是永远在路上，工作的内容永远也都是未知。每次领导安排工作，都会顺带说一句："这个很简单的，你做个几天就能完成了，然后就回来吧。"

但事实上，且不提现场经常会发生意想不到的故障，假设一切都顺利，领导站在他的角度，不自觉地用他这么多年来的工作经验预估出的工作难易程度当然不够客观。可小表妹并没有意识到这一点，在她的思维里，领导和老同事们每一次所说的简单工作，到她这总会出现各种各样的问题，而这些状态不仅是她始料未及的，更是她解决不了的。久而久之，接她电话帮她解决问题的老同事也失去了当初的耐心，有时候常常直接批评小表妹："你都工作多久了，这种问题还好意思问！"

这种状态持续的时间越长，小表妹越对自己产生怀疑，一开始是怀疑自己的工作能力，她反复纠结的问题就是：在领导眼里的一个简单工作，为什么她解决起来需要如此大费周章。后来，她开始怀疑是不是自己的智商太低，所以永远都学不会这些代码；最后，她开始对自己的人生予以否定，她潜意识里认为自己在很多方面都比别人差，而为了掩饰这种自卑，她便将自己藏起来，什么都不做，生怕做什么都是错的。

小表妹讲完工作两年来的经历，已经泪流满面。作为旁人，我们自然不能真正地身临其境，感受到小表妹所受的压力。小表妹常常在别人口中的"so easy"下不断地进行自我否定，直到最终从一只骄傲的孔雀变成一只鸵鸟。她大概没有想过不停地对她说"很简单""很容易"的人，也曾经对他们的产品一无所知，而如今变身成为技术"大咖"的他们也不会预料到，他们的自我肯定对一个小女孩产生了这么严重的影响。

后来，我托人打听了小表妹公司的具体情况。这个公司的辞职人数逐年递增，但招聘人数却逐年递减。每一个到该单位的新人都被取消了以往专业性的培训，所有人都是一来就被扔进一个现场，没有人会针对员工的自身情况安排合适的工作，因为工作太多人太少，领导的理念就是：只要你是猫，不管能不能逮老鼠，先去现场救急再说。于是，这些没有经过专业培训的员工总给自己设定了一个假象：这份工作很简单。但后来他们才知道，那些跟他们说容易的人，全部都经过专业的培训，并且具有相当丰富的工程经验。于是，新人们大多和小表妹一样，不断地自我否定，不断地给自己加压，最终都不得不以离职收场。

你有没有想过什么是真正帮助一个人成长？不是从自己的角度出发，将你的观点不顾后果地强加给别人，而是懂得换位思考，站在对方的角度去衡量对方的抗压能力、工作能力等，只有在这样的基础上，你分享出的经验才具有意义。

真正高情商的人首先是负责、真诚和具有同理心的。一个真正高情商的人绝不应该不假思索地去告诉别人所有东西的获得都可以轻而易举。而事实上，每个人都是一个独立的个体，每个人处理问题的能力本就有异，即便是面对同一件事情，也不可一概而论。

有句话虽然简单、粗暴，但却深得我心："you can you up, no can no BB!"从学会尊重别人开始，请不要用你所谓过来人的身份给予别人一些并不合适的"鼓励"，因为这样的鼓励往往让当事人失去自我判断，如若失败，他们还会把责任完完全全地归结在自己身上。

亲爱的你，也千万不要轻信了别人口中的"so easy"！给你一个复读机你是学不好英语的。历尽千辛而有所成就的人总会不自觉地忽略过程，轻描淡写地留下一个轻松拿下的假象，而我们能做的就是首先承认个体存在差异，我们的进步只需跟过去的自己做对比，任何人都没有资格在你我的人生里指手画脚。

闺蜜说 5：

一起迎接来自
命运深处的喝彩

经历过坚强，
但不是逞强，
愿你依旧懂得温柔，
从此被温柔相待；
经历过失意与失恋，
愿你依旧相信
生活和爱情，
从此不将就。

谨慎地选择你的朋友圈

很久以前看过一篇报道，大抵内容是，有一位妈妈，其儿子吸毒已快5年，虽然被强制戒毒过，但出来后还是没能戒掉。为了给儿子树立榜样，这位母亲选择以身试法，想通过自己的经验告诉儿子，毒品一定能戒得掉。但自从第一次吸毒后，她渐渐依赖上毒品，一旦毒瘾发作，她根本控制不住。

这个故事反映出一个道理：人往往高估了自己的克制力，低估了外界的影响力。很多时候，外界对你的影响在潜移默化中进行，却已悄然改变了你。

当然，这样的影响好坏各异，因此，我们才要极为认真地选择我们周遭的人和物。

我一位舅家的弟弟打小就是个聪明的孩子，学习任何东西都毫不费力，当然也包括学习。小学六年、初中三年，弟弟的考试成绩排名从未跌破年级前三，未到中考已经被提招到了我们市最好的一所高中。

全家人都深信品学兼优的弟弟一定能平稳地度过高中三年，然后考取一所名牌大学或者顺利地出国深造。可弟弟读高二时，突然成绩一落千丈，班主任找他妈妈谈话时表示，弟弟之所以有这么大的改变，是因为结识了一些可能会给他带来负面影响的朋友。

作为弟弟最贴心的姐姐，我顺理成章地成为了他妈也就是我舅妈的"密探"。为了了解弟弟的这些朋友，我特意组了个局，请弟弟邀他的哥们来参加。

弟弟玩得最好的哥们叫小赵，小赵是个纯正的富二代，他那有钱却少了些内涵的老爹，从小给他灌输的理念便是——他可以随心所欲地去做他自己想做的事，他爸负责给他善后。于是，小赵打小成绩垫底，从初中开始谈恋爱，换女朋友的频率跟换手机的频率同样高。当然，小赵也不是一无是处，他为人讲义气，这也是我弟弟把他当哥们的重要原因之一。他的讲义气从来不落在嘴边，谁得罪他兄弟他便揍谁。这就是他维护朋友的方式。这样的方式其实本身就带有痞气，可他从来没有考虑过以暴制暴的方式是否合理。

弟弟家也算得上小康，但与这样的暴发户拼爹，自然只能认输。他从未考虑过，小赵可以不用高考便能拥有比他更加顺畅的人生。弟弟跟着小赵在学校里混得很开，小赵时不时地约他去泡吧、打桌游，甚至还带着弟弟在学校里轰轰烈烈地打架。听说，弟弟在他的带领下俨然成为了学校的扛把子。

久而久之，上课不专心、下课往死里玩的弟弟自然沦为了差等生。起初，当我跟弟弟分析起小赵对他的影响时，弟弟并不愿承认，他固执地认为这是我们对小赵的偏见。所谓当局者迷，旁观者清，便是这个道理吧。

事实证明，朋友对你的影响有时候真的很可怕，不是所有人的人生都可以过得那么任性，而从未历经世事的他们又怎么会知道，他们早晚得为自己的任性埋单？

最后，弟弟高考失利，小赵却在他爸爸的帮助下顺利地进入了一所大学，而弟弟除了复读别无选择。弟弟把自己关在家整整一个月，那一个月，他就像戒毒一样戒了小赵这位朋友。

所幸，弟弟并未酿成大错，他以后的人生旅途中也有的是机会来弥补这段不堪回首的叛逆期。但很多时候，并不是所有人都有机会改过自新的。因此，你必须谨慎地选择你的朋友圈。

一、不要与消极的人成为密友，好的友谊是彼此向阳

人的一生很漫长，却有那么一些人将他漫长的一生书写成了一出充满悲情色彩的剧情。就如同大多数人喜欢晴天，没有人愿意在阴云密布里过完一生，我们当然也不会愿意与一个整天怨天

尤人的人做一辈子的朋友。

为什么不能与消极的人成为密友？首先，我们从心理学上来分析，百度百科里有这样的一番阐述——心理学上的确有情绪传染以及能量互动。心理学上有"吸引力法则"："无论是桌子、椅子等有形的物体，还是思想、情绪等无形的东西，都是由不同振动频率的能量组成的。比如一排音叉，当你敲响其中一个音叉让其发出清脆的高调乐声，没多久，其他的音叉也会发出同样高调的乐声，它们的声音会互相应和，产生共鸣，甚至愈来愈大声。"虽然心理"吸引力"和"影响力"不是朝夕就能达到明显状态的，但如果长时间地受到影响、熏染，人的确有情绪传染。总而言之，人的情绪如同病毒一样，是会传染给别人的。

我读书时认识一位W同学，这位同学很不会自我调节，在他眼里，周遭的事物永远都蒙上一层灰蒙蒙的色彩。

为了组织一场晚会，我恰好与他有过一段时间的交集。起初，我只觉得他喜欢沉默，对我提出的建议倒也会给予些许中肯的建议，但接触时间一长，他便不愿意在我面前伪装自己，我想，在他眼里，我大概能算得上他为数不多的好友之一。

于是，我在后来的很长一段时间里都饱受精神折磨。W同学家境贫寒，对于金钱与地位，他比很多人都要敏感许多，哪怕是有人无意地提到这些，只要言语中稍稍有了那么一丝优越感，他便会责备此人故意让他难堪。如若那天我恰好有事与他商讨，他便会"无意识"地破门而入，摔门而出，全程都摆着一张愤世嫉俗的臭脸。

久而久之，每每有事要与他商量，我内心总是无比纠结，然后尽量回避。W同学太过消极，百分之九十的日子里他都心情不好，而他的坏心情总能给我带来很多的负面影响。面对他的坏心情，我总是无所适从，而那样的阴霾笼罩着我，至少能让我一整天都开心不起来。

和快乐的人做朋友，你会感受到快乐，他的积极、乐观总能将一些悲剧转换成为一场可战胜的生命考验。于是，不管多艰难的事都能轻而易举地跨越。人们常说爱笑的女孩运气不会太差，其实就是这个道理，你的命格有部分是写在你的脸上的，你报以别人微笑，如沐春风，世界便会投给你以幸运，如影随形。

既然快乐和悲伤都能感染你，那去找一个快乐的朋友吧，你们彼此向阳，春暖花开。

二、切勿与三观差异过大的人做朋友，好的友谊是惺惺相惜

世界观、人生观、价值观总被人们拿出来津津乐道，无论爱情还是友情，能维持长久关系的彼此，一定拥有相似的三观。所谓物以类聚，人以群分，便是这个道理。

三观的定义如下：世界观决定你如何看待这个世界；价值观是基于人的一定的思维感官做出的认知、理解、判断或抉择，也就是人认定事物、辨定是非的一种思维或取向；人生观是人们在

实践中形成的对人生目的和意义的根本看法，它决定着人们实践活动的目标、人生道路的方向，也决定着人们行为选择的价值取向和对待生活的态度。

不是所有的友谊都能天长地久，在你人生的长途里，总有那么些朋友，玩着玩着就疏远了。造成这种感情疏远的原因之一便有可能是，有一方在进步，另一方却故步自封，时间一长，你便再也跟不上对方的步伐，这段友谊也只能画上句号。一直在进步的人，他所见识的世界很丰富，他对事物的认知也随着这样的进步不断加深，而故步自封的人一直过得很满足，这样的满足让他很难接触到千变万化的世界。这样的变化早已改变了双方的三观，曾经无话不谈的朋友到最后却只能无话可说。因此，在双方三观都正的前提下，维持一段友谊的最佳方式便是永远保持惺惺相惜的状态。

我所说的三观不是用金钱和地位去衡量，而是在面对大是大非时，两人均能有相同的判断和做法。人总应该撇除外在的东西去读懂别人的灵魂，只有透过肉体看到别人心灵里的东西，你才能真正判断出，眼前人是否值得结交和珍惜。

三、不要与斤斤计较的人成为朋友，好的友谊是让彼此成为有趣的人

斤斤计较等同于算计，无论你们的友谊发展到何种程度，总

有一天会被一方的斤斤计较所拖垮。

我有两个朋友，小雪和小唐。小雪天生大大咧咧，从来不计较得失，朋友聚会，她总是抢着埋单。人与人之间的情感维系，总贵在那么一点说不清道不明的"自知之明"，于是，姐妹几个基本都是轮流埋单，从来不让小雪连续请客。友情这回事自然不能永远只有索取而不愿付出。

与小雪相反，小唐天生爱计较，属于不喜欢占别人便宜，但也绝不让任何人占自己便宜的人。姐妹几个平常一起吃喝玩乐，轮到小唐埋单时，她也从来不含糊，但她总会精打细算一番，确保总额不会过多地超过预期。

有一次，小雪和小唐约出去旅游，两人一路逛吃逛喝，玩得也是不亦乐乎。当旅途进行到一半时，小唐突然花了一个晚上去计算她们一路游玩的所有花费——从饭钱、住宿钱、景点门票到买餐巾纸、湿纸巾的钱，最后得出结论：小雪还欠她108.8。据说，小雪当时气得差点吐血。

多年隐忍的小雪最终还是爆发了："小唐，你知不知道，我们跟你在一起时经常觉得很累，你这个人最擅长的就是扫兴！我搞不明白为什么你这么爱斤斤计较，朋友间本来就不存在吃亏和占便宜的说法。平常大家你有来我有往的，没有人想过讨别人的便宜，这样的平衡原本维持得很好，但你每次都要站出来打破这种平衡，我们的友谊终有一天会被你的加减乘除所肢解！"

那场旅途最终不欢而散，她们也就此分道扬镳。

好的关系应该让双方都能感受到自然而然的舒适，好的友谊应该是让彼此成为有趣、有情调的人，而斤斤计较总会叨扰这么一份平静，打破这么一份平衡。你我都懂得人情世故，自然不会只索取不回报，可一旦有一方将这些索取和获得的回报拿到天平的两边予以比较，那么这份友谊便失去了原本的味道。

四、无论荆棘载途还是万事亨通，朋友一生一起走

我常常认为，这世间任何积极向上的情感都有激励你向前的能力，每一段值得被珍惜的感情都不需要我们大费周章地去维持。我们彼此在一起无比舒适、从容，我不用花心思去揣测你的小心思，你也不必费尽全力地来讨好我。我们活在各自的世界里，却可以互相取暖；我们愿意陪对方走过荆棘，也会在彼此获得成功时，真心地给予祝福。

我们见证了彼此的成长，成为了没有血缘关系的家人。在这个世界上，因为一些人的存在，我们永远都不必害怕孤单……

你永远不知道以何种方式与父母话别

昨儿回家的路上，看到有关重庆客轮在长江沉没的一则新闻：沉船事故发生前，父亲给女儿发短信：小美女醒了吗？昨天晚饭不在家吗？我打了几个电话没人接，是否到外面吃饭了？我这里很好，就是吃的减肥菜，其他都很好。

看完这条短信，我的眼泪瞬间打湿了眼眶，车外正下着大雨，天空灰蒙蒙的，仿佛整座城市都在为客轮上的乘客祈祷、祈福、默哀。我想起了我的父亲，如这位父亲一样，常常发些诸如"减肥菜"之类的调侃短信给我，偶尔也会出现错别字或者标点符号误用，可我知道每一条短信都是他用心编辑的。我同样相信，这位父亲也许不擅长汉语拼音，也许发条短信还需要笨手笨脚地琢磨半天，可这本是一条家书式的问候短信，此刻竟有可能成为这一生话别的最后一句话。

我特别怕没有准备好的离别，庆幸的是在这世间行走了二十多年，我身边最亲的人都安好。可每每看到有关天灾人祸的新闻，我还是会后怕，我永远都不知道我会以何种方式和我的父母话别，所以，我更想在可以珍惜的时候给予我父母更多的温暖。

1. 我祈求死神永不降临，唯愿"永恒"伴父母左右

从记事开始，我的父亲母亲从来没有住过医院，偶尔的小病小痛总是很快便能恢复。年幼时，总觉得他们是超人，永远不会累、不会生病。幼稚如我，总以为父母会陪着我一辈子，可我并不知道一辈子到底有多长。

近些年，随着年纪增长，我逐渐感受到了父母身体的变化。虽然体检的各项指标都算正常，可我的母亲经常会体力不支。我记得小时候，每次陪母亲逛街我总会抱怨腿疼、脚疼。然后，我的父亲带我去文楼吃汤包，我们点一笼汤包，边吃、边聊、边等母亲。母亲一逛就是一整天，傍晚的时候才会带着她的战果和我们回家——当然，这些战果大多是给我和父亲的。可如今，我每每拉母亲陪我买衣服，总是逛不了几家店，母亲就开始气喘吁吁，一坐下来便开始放松脚部。一开始我总会抱怨，对于母亲的这种疲惫我并不能感同身受，我母亲却很理解我，她说，她年轻的时候听我外婆说全身疼也总是不解，如今却有了深刻的体会。母亲说这话的时候，阳光正洒在她的脸庞上，母亲眼角的皱纹在

强烈的日光照耀下无所遁形。我终于明白，我的母亲，她好像真的正在老去。

我的父亲曾有十多年的时间饱受胆结石带来的痛苦。可在我读书期间，他总是不肯去做手术，他怕如果他做手术，母亲就不能更好地照顾我。后来我读研究生，父亲胆结石发作，他的医生朋友建议他尽快做手术。

我记得当时是夏天，南京果然没有辜负"火炉"的称号，一如既往地持续高温，本应该放暑假的我被老师留在学校里做课题。父亲在做手术前挂了很多天盐水，可我对这些一无所知。他和母亲每天都会给我打电话，可总是说说笑笑，从不提及病痛。父亲做手术的前一天，我终于从母亲打来的电话里觉察出了异样，我连夜赶回家，看到躺在沙发上的父亲时，眼泪刷刷地往下流。曾经把我扛在肩上、走南闯北都带着我的父亲，如今消瘦得能看见脸上的颧骨。我抱怨他们应该早点告诉我，父亲还是很淡然地安慰我，不过是一个小手术，不需要我大热天地来回跑，而且做课题的压力本来也大，他同样不想我分心……

父亲宽慰我的时候，我想起我母亲跟我说过，我小时候没有奶水喝，父亲每次一出差都会从外地给我带最好的奶粉回来。有一次，父亲带的奶粉全部喝完了，我大半夜哭个不停，父亲骑个自行车挨个小店敲门，可买回来的奶粉我全部尝一口就吐掉。父亲没办法，第二天天一亮就买了去外地的车票帮我买奶粉。在成长的二十多年里，诸如此类的事情举不胜举，可我从来没有觉得给父亲带来了多大的麻烦，他也从来没有觉得我这个女儿是他的负担。如今，当疾病找上他的时候，他仍然不忍心让他的女儿来回奔波。这种爱的方式伟大到让这世间所有的冷漠、无情灰飞烟灭。

父亲的手术并不顺利，本是一个小小的微创手术却因为父亲的胆主管发炎而持续了整整六七个小时。医院后来拿来例行的协议书，我母亲看完迟迟不敢签字。在医生的催促下，我拿过母亲手里的笔，虽然心里怕极了，但还是稳住了，自己签下名字。那一刻，我意识到我的父母比任何时候都需要我。

所幸，父亲平安地度过了这次手术，他被护士从手术室推出来的时候，麻药早已失效了。父亲的脸色蜡黄蜡黄的，母亲握着他的手，他对母亲说："我疼，我疼……"我擦完眼角的泪水，握着父亲的另一只手，对不断低声呻吟的父亲说："我们都在！"

那一夜，父亲插着监护仪，我和母亲一夜未合眼，我用棉花蘸满水涂在父亲干燥的嘴唇上，母亲则不断地依照医嘱看着监护仪上的数据。

一夜的紧张与不安，虽然如今想来恍如隔世，但那时的焦燥心绪仍然历历在目。在陪伴父母老去的过程中，我们永远做不到像父母陪伴我们长大一样尽心尽力。我们总觉得老去是一件很漫长的事情，可转念不过也是一瞬。在满头白发、满脸皱纹到来之前，只盼时间可以慢点再慢点走，唯愿"死神"永远不要来得猝不及防，多一些些铺垫，让我们在父母的身边多一些些陪伴与牵挂。

2. 像对待孩子般面对我们的父母

年前陪奶奶去浴室洗澡，搓背的阿姨问奶奶有没有九十岁了，奶奶猛地拿毛巾抽了人家一下，幽幽地道了一句："我今年18，谁说我90？"

我们都被奶奶这样的老顽童行为逗乐了，我们一边替奶奶向人家道歉，一边宽慰奶奶。害怕老去也许是人之常情，你如果愿意用心体会便会发现，在心态上人往往是个逆生长的过程，我们的父母越来越像可爱的孩子。无论年轻的时候经历过怎样的风浪，老去时眼神总会变得柔软，而面对我们时越来越渴望被疼爱。

我的奶奶在中年时就失去了丈夫，她比更多人都需要得到儿女的照顾。有很长一段时间，奶奶总是感觉自己被大家忽略了，无奈之下，她便会找各种借口要儿女来见她。比如，一有哪里不舒服，她便要求大家带她去医院做全身检查；再比如，奶奶有次扭了脚，虽然恢复得极好，可她再也不愿意走远路。这些行为常常被我们误以为矫情和负担，因为我们还无法体谅她对老去、孤独和死亡的恐惧。就像小时候不被关注的小孩，为了博取大人的眼球总是无所不用其极。

去年母亲过生日，我因为工作忙碌没有及时送祝福给她，父亲悄悄地发短信给我，提醒我给母亲送礼物。我一直以为父母没有把他们的生日看得很重要，但事实上他们都无比希望我们能在每一个属于他们的节日里给他们一句问候。想来，总觉得父母可爱极了，像孩子过年时喜欢穿新衣服一样，父母在慢慢步入老年之时，也有许多简单却执着的追求。

我们的父母越来越像孩子。面对他们偶尔的小脾气，如果你有厌倦之意，请不要忘记当初他们把所有的耐心都给了你——教你从"爸爸、妈妈"开始学会说话，教你从四肢爬行开始学会奔跑。而今，我们要做他们的拐杖，像对待孩子般哄着、宠着，甚至是惯着我们的父母。

3. 不要阻扰父母接触新事物的好奇心

微信刚出来的时候，父亲拿着手机从下载APP开始问起，唠唠叨叨地问了一大堆问题，我敷衍了事地回答他，父亲仍旧不依不饶，对他不懂的地方锱铢必较了半天。我如很多人一样，把最好的耐心给了无关紧要的人，却留下最差的脾气给最亲的人。我找了个理由搪塞了父亲。我本以为父亲不过是一时心血来潮，可这之后不久，我便收到了来自父亲的微信好友申请。接着，我每天都会收到来自父亲的关心。父亲比任何人都用心，他总会在我的状态下留很长很长的言，有鼓励有慰藉，每个字看似简单实则都费尽心思。

前段时间，我收到父亲寄来的礼物，那时我才知道父亲居然使用了手机淘宝。我打电话问他怎么学会使用淘宝和支付宝的，父亲埋怨道："移动公司的客服比你有耐心得多。"

我一直觉得父母只要安享晚年就好，比如散步、跳广场舞、下棋，可我却没有想过他们真正需要的是什么。我们的父母之所以愿意花费心思去学习新鲜事物，也许是因为他们在努力缩小与我们之间的代沟，他们并不擅长学习这些东西，但他们仍在用心地留言、发语音、转发我们的状态。

人无论在何时总需要寄托，忙碌的工作让我们像断了线的风筝，我们飘在远离父母的地方，渐行渐远之时，他们便需要寻找另一种靠近我们的方式。无论他们想要接触新事物的决心有多大，像当年他们陪伴我们填写高考志愿一样，我们也需要给予他们鼓励、支持，详细、耐心地给他们介绍新鲜事物。

4. 永远不要怕把"爱"说出口

被中国传统教育熏陶的我们，也许知书达理、熟知孝道，但东方文化也使我们羞于将"爱"说出口。尤其是面对陪伴了我们前半生的父母，我们更愿意用实际行动去表达对他们的关心，却绝对不会轻易地将对他们的感情表达出口。我一直相信人与人之间是需要最直接的情感交流的。就像小的时候我不能体会什么是真正的疼爱，简单地认为父母给我的晚安吻便是爱我的最好表现。如今，我更愿意告诉他们我是如何地深爱着他们。

人生有时候看似很长，长到你常常觉得如果活到一百岁可能是件无聊透顶的事情。可有些灾难的发生总会让人猝不及防，好多人还没来得及好好道别、嘱咐对方要珍重，此生便再也不会重逢。我们无法预料死亡到底何时会降临，若幸运的话，只愿它不会让你措手不及。趁岁月正好，趁父母听觉尚可，大胆地向他们表达我们的感激和爱吧，珍惜每一个和他们在一起的日子，陪他们把每一天都过得像最后一天般精彩。

　　父母之年，不可不知也。一则以喜，一则以惧。唯愿这世间真的有奇迹，它会载着"东方之星"的游客回归故里；唯愿这世间真的有亡灵，它会带着亲人们的思念安然入眠。

陪伴是最长情的告白

　　周日同学聚会，全班唯独班花和班草缺席。说实话，初中同学聚会这些年，班花和班草一直是备受瞩目——长得好看的人天生就有吸引人注意的能力，更何况还是一对璧人。

　　当年，班花、班草身后各有一批追求者。班花属于典型的江南姑娘，瓜子脸，肤如凝脂，在还没发育完全的年纪，已经出落得落落大方、身材高挑且不失丰腴。班草外号"小王子"，因为他永远那么阳光，而且球技超赞。

　　说来也奇怪，班草追求了班花九年未果，一直等到他们各自大学毕业，班花谈了一场失败的恋爱，然后，他们就莫名其妙地走到了一起。这其中的故事，我们没有人深究过，想必，班草能最终俘获美人心，也是下了好大一番功夫的。

后来，他们成婚、生子，我们都以为他们过得甜蜜、幸福。以往同学聚会，两人互敬互爱，恩爱秀得羡煞我等常人。

果不其然，少了这样一对秀色可餐的璧人，自然少不了有好事的同学询问。最后，在我们所有人的逼问下，班花的闺蜜小雪不得不吐出实情："他们正在办理离婚手续，怕见了面各自尴尬，所以索性就都不来了。"

此话一出，大家都迅速地放下了手中的筷子，关切地询问究竟。小雪只讲了两个故事，而后，我们都沉默了。

没有人愿意亲手毁了自己的婚姻，可一旦婚姻变成了将就，爱情变为了让人寒心的武器，便少了再坚持下去的理由。

01

有一次，班花连续加了几天班，劳累得痔疮发作，她偏偏又在这个时候吃坏了肚子，得了急性肠胃炎。半夜，班花拉了好几次肚子，不仅腹痛得厉害，而且痔疮出血，每拉一次肚子，马桶里的水都会被浸染成红色。

班花无数次地来回穿梭于卧室与卫生间之间。人在生病的时候极为脆弱，彼时，她无比需要躺在身旁的丈夫送去关心——哪怕，仅仅是一句嘘寒问暖的问候；哪怕，只是一杯开水的温暖；哪怕，是陪同上卫生间的体贴。只可惜，班草一觉睡到天亮，他的睡眠丝毫没有受到班花无数次起夜的影响。

班花倚在床边，一夜未合眼。她突然觉得很绝望，躺在她身旁的这个男人，这个在婚礼上承诺无论生老病死，无论疾病还是健康，都爱她、照顾她、尊重她、接纳她，永远对她忠贞不渝直至生命尽头的这个男人，居然在她如此需要被照顾的时候，躺在她身旁打呼噜。

经过一夜闹肚子的折腾，班花自然是消耗了全部精力。一早，班草起床准备去上班，班花闭着眼睛装睡。她本以为班草看见纸篓里沾满鲜血的卫生纸时会叫醒她，会焦急地要带她去看医生，可惜，班草还是一如既往地洗漱、穿戴，然后出门⋯⋯

班花把自己蒙在被子里，任由泪水止不住地往下流。结了婚的聪明女人绝不会轻易地给自己的丈夫判死刑，班花使劲了全身的力气从床上爬起来，给自己倒了杯热水，吃了家里常备的治疗肠胃炎的药。

然后，她深吸了一口气，给班草打了电话："老公，你可以请个假吗？我肚子疼得厉害，而且痔疮一直出血，我有点担心，你可以回来带我去医院吗？"

班花完全压制住了心头的那团火，极力克制住自己对他昨夜的不满。

班草一听班花连说话都那么虚弱，也有些着急："怎么会这么严重？我马上就回来，中午从单位食堂给你带菜回去可好？"

班花应声作答，心想：夫妻过日子，得过且过吧。

整整一个上午，她都只能弓着腰捂着肚子挪动。时间一分分地过去，他却一直没有回来，期间她给他打了无数个电话，但都被他挂断了。无奈，她发了微信给他，给他传了一张照片：因痔疮出血而血迹斑斑的内裤。

不久，他回复她："这么严重？刚我领导正在安排我工作，我马上就回来。"

看完他的回复，班花默默地关了手机，她从来没有想过，在她最需要他的时候，他用近乎于路人的态度对待她。但她并没有放弃希望，她试图理解他：为了还房贷，他确实工作很努力，他这么拼命地工作也是为了我俩的家。所以，我应该给予他支持，我不应该对他苛责太多。

下午时分他才回到了家，她听到他开门的声音便假装熟睡，她原本希望他给她一个吻，然后询问她的病况，但事与愿违。班草进门后，看见正在"熟睡"的她，轻拍了下被子："起床吧，我给你带饭回来了，吃完饭我带你去医院。"

她听他这么说，心头还是稍微有了些安慰，她故意哼唧了两声，还没起身便发现他已经离开了卧室。

她心寒到了极点，挣扎着从床上爬起来，却发现校草正躺在沙发上全神贯注地看着电视，好不惬意！她再也忍不住内心的狂怒，对着他一阵怒吼："你什么意思啊？我病成这样你不闻不问，连一句关心都没有，你一早倒是吃饱了，我呢？我从早上到现在可是一粒米都未沾。你看看，现在已经几点了？现在吃完饭，到医院挂号还能来得及看病吗？"班花吼完就忍不住大声地哭了起来。

班草见状不但没有安慰她，居然也朝她吼道："你喊什么喊？我大中午的跟领导请假，又坐了两个小时的地铁回来给你送饭，我又容易吗？你生病怎么了？我不是说带你去看病了吗？怎么来不及？你这么浪费时间可不关我的事。"

班花听完，全身发抖，从头冰冷到脚，她使劲全身力气大吼："你给我滚！"

班花哪里真想让他滚，只不过是发泄下自己不满的情绪罢了。此刻，哪怕他认个错，他们便会冰释前嫌。可班花还没来得及多反应，他已经拿起包摔门而出了。

这件事深深地戳伤了班花的心，她原本觉得丈夫应该是她永远可以仰仗和依靠的人，但在她生病时，他的表现却让她开始怀疑：他们可以共富贵，但也许并不能共患难。

02

后来，班花痊愈，但却与他大干了一场。班花叫来双方父母，列举诸如此类的一堆事例。她对双方父母说："我要的不是大富大贵，我要的只是陪伴，平日里的嘘寒问暖，生病时的不离不弃，如果连这些都给不了的话，我不知道我们的婚姻还怎么能继续下去！"

自他们结婚以来，两家人一直处得不错，公婆也都很喜欢班花，而她的父母更担心女儿离婚后很难再嫁。所以，男方家长一直道歉，女方家长则从旁帮腔。

班花一直觉得很委屈，但双方家长的态度也让她有所动摇。最后，班草表态：请年假带班花去度假，算是给班花赔礼道歉。班花虽说心寒，但这么多年的夫妻，她还是爱他的，于是，便在双方"约法三章"后原谅了他。

其实，大多数时候，女人都活在情感世界里，认真地爱一个人，便会迅速地遗忘他曾给她带来的伤害。所以，我始终认为，女人才是最好哄骗和最懂得隐忍的动物。你哄着她嫁给了你，哄着她十月怀胎，忍受无数的辛苦为你生儿育女，你同样能哄着她在枯燥的婚姻生活里选择隐忍你所有的小缺点。

说到底，班花也是寻常女子，她也同样愿意选择息事宁人，满心欢喜地去准备这次的旅行。班草真不是一个擅长操心这些事的人。理所当然，订机票、订酒店、行程安排这些事全部都由班花一个人准备。这些年的磨合，班花早已接受了这一现实，这些事虽然琐碎，但一想到要与他一起旅行，她便也觉得是个甜蜜的烦恼。

他们坐了晚上的飞机飞去厦门，到厦门的时候已经十一二点了，他们仓促打车到班花订好的旅馆。班草一到旅馆便躺在床上玩手机，班花只得忍着困意独自整理行李，却发现丢了一个小包，她因此埋怨了他几句，他却恼火了："我好不容易请了假出来陪你玩，你怎么絮絮叨叨地没完了！"

班花一听此话更是恼火，便找他理论："这包行李我是不是特意拿出来让你保管的？里面都是我们乱七八糟的证件，现在这样我们住宿、赶飞机都会很麻烦,你难道——"

"你再说我就出去住!"班草从床上跳起来,语气急躁地对她说。

"你吓唬谁啊?你现在就出去!"班花还在气头上,怎么可能轻易妥协。

班草亦如上次般,径直离开了宾馆。

当他走出去的那一刻,她便在房间里号啕大哭,她还抱有一丝幻想:他一定能从门外听见她的哭泣,他一定不会真的丢她一个人在宾馆,因为他知道,她害怕一个人住宾馆,她对宾馆天生有种恐惧感。

当她试图透过"猫眼"往外看的时候,却并没有在门前发现他。"他真的抛下我走了吗?可是他知道我害怕住宾馆啊!"她不停地在心里嘀咕,可当她打开房门,整个走廊除了幽暗的灯光没有任何人影。

在一个陌生的城市里,她害怕极了,她疯狂地给他打电话,但他已经关了机。她一个人,大半夜走在街头,找遍了旅馆周围的所有地方,她甚至还询问路边的小旅馆,确认他是不是已经真的在哪个小旅馆住下了。

她找了许久,但未果,街上的人向她投去说不清道不明的目光,她下意识地抱紧手上的包,在那个陌生的城市里,她只能无奈地选择回到宾馆。她原本关于这次旅行的所有幻想都被瞬间打破了,她一个人窝在宾馆的床上蒙着头哭,哭着哭着竟就这样睡着了。

03

小雪讲完，过了好久才有人开口："你怎么也不劝劝，毕竟都是些误会，解释解释也许两人就和好了。"

小雪说："他们之间又岂止这两件事，她完完全全感受不到这个男人的陪伴与在乎，这样的婚姻怎么可能长久？"

最后，小雪说，在民政局排队时，他曾问过她："我给了你全部我能给的，尽量减少工作陪伴你，给你买一克拉的钻戒，在我的房产证上加上你的名字，你有必要为这些小事斤斤计较吗？"

班花冷冷地回答他："陪伴？你在家的时候，永远都拿着手机窝在沙发上，我们连好好聊天的机会都没有。你的钻戒、你的钱、你的房，在我眼里都抵不过我生病时的陪伴、我生气时你的大度和不离不弃。"

是啊，很多时候，男人更愿意在短短的恋爱期里收敛个性，体贴备至，浪漫温暖，但却会在漫长的婚姻里，将自己的缺点暴露，包括懒惰、自私、堕落。于是，女人常常以为男人在婚后改变甚大，但其实这只不过是他们的真实面目。

婚姻从来都不是你想象中的那么简单，在这个现实的世界里，男人以为满足女人的物质所需便是成全，却不懂得女人真正需要的是一个用陪伴温暖自己的人，用宽容、大度和不离不弃去表达深情的人。

与一个人过一辈子，是执手到老的承诺，如若那双手不够有温度，不如放手，至少你可以自己温暖自己，自己爱自己……

蟹爪兰的自我修养
——等待花开

　　你一定听过诸如"水滴石穿""百寒成冰""铁杵磨成针"的故事，然后在一段黯淡的岁月里，拿出这些故事激励自己，可当你发现自己长时间的努力未见成效时便会轻而易举地放弃。你看，人就是这样一种现实的动物，在见不到起色的时候就会选择逃避或是抱怨命运的不公。孰不知，你只有努力再努力一下，才能有机会接触到曙光。

　　我曾经听过很多的抱怨，类似于，明明自己有特长可总是不会被发现，于是乎，我们经常把这些都归结于运气不佳，可事实往往是这样的——在你要放弃的时候再坚持一下便有可能收获成果。可就是在这放弃前的刹那，往往是最熬人的。

　　去年二月，我处于人生的低谷——最爱的那个人离开了；事业也遭遇瓶颈，因为工作，我需要全国各地跑，越来越找不到归属感；大城市的生活压力也同时压得我喘不过气来。所有的这些都足以击垮一直以来顺风顺水的我，我的世界仿佛布满了阴霾，我见不到阳光也不想阳光折射到我，我给自己建立了一个安全屋，我把自己放在安全屋里屏蔽所有人。我的父母心疼我，给我租了个单身公寓。

那时候天还很冷，黑得也快。有一天，我去阳台晾衣服，发现阳台的一个死角有一盆房东留下的花——确切地说，不算是花，因为它蒙着一层厚厚的灰，花盆里的土也干裂开来，没有一点花苞并且生命迹象全无。我低头看着已经没有了一点生机的它，就如同看着那时候死气沉沉的自己。我心想：怪不得房东没有把你带走，原来你和我一样被命运遗弃了。

这之后的一年，我的生活仍然没有太大的起色——既没从失恋的痛苦中走出来，也没在工作上有所建树。我仍然深深地爱着那个错误的人，把自己想象成悲情剧里的女主角；我依旧做着并不喜欢的工作，整天拖着箱子到处跑，却没有一点点的勇气去改变现状。

我每天都在自怨自艾——怪喜欢的人伤了自己，责备领导不懂安排工作，埋怨上帝对我不公，我整天整天地活在痛苦里。

过年后的一天，我如同平常一样去阳台晾衣服，一推开阳台的门便被零星的几朵淡橙色的花骨朵深深地吸引了。

原来，在一年前就被旧主人抛弃，又被我这个新主人忽略的小植物，经过一年的自我休养已经到了花期。我拨开它的茎叶还是能看到干裂的泥土，就在那么一瞬间，我竟被感动得哭了。

一年前，我觉得它与我是同病相怜的；一年后，我仍在自暴自弃，它却已经到了自己的花期。我迫不及待地跑去花卉市场，买了一堆的养花必备神器。我混合着营养液给它浇水、施肥，立誓要成为一个合格的新主人。我拍了它的照片发到朋友圈，不一会就有人告诉我，它是蟹爪兰，有个文艺的小名叫作圣诞仙人掌，鸿运当头、运转乾坤是它的花语。我开始精心地照顾它，帮它把叶子上的灰尘一点点地擦去。这才发现，原来小东西的叶子是嫩绿嫩绿的，如同一个新生的生命般——而我所做的这一切都已经不是出于可怜，而是出于敬佩。

这之后的一个月，它竟然开满了花，虽然花朵并不大，但颜色特别艳丽可爱，它们像一个个小风铃一样垂挂在嫩绿的枝头，微风拂过，它们就会发出生命的呐喊声。

我想，它们比我更懂得生命的珍贵，它们也许活在一个四维的空间里，听得见风声，感受得到鸟语花香，它们无畏任何人的抛弃。因为它们本就知道，只要等到花开，一些人便会被它吸引，将它们视若珍宝。

我想起小时候就熟知的那些故事里的主人公——姜太公，诸葛亮。姜子牙一生坎坷多磨，半生寒微，择主不遇，飘游不定，但他能静心忍性，观察风云，等待时机，终遇明主，成就了轰轰烈烈的人生；诸葛亮韬光养晦，直至刘备三顾茅庐才崭露头角。

我每每读他们的故事，常常只在意结局，却忽略了他们人生的不容易。你们一定如我一样，羡慕肯德基现在的成就，却不知道山德士曾经如何的一贫如洗，他换过无数份工作，直到中年才有了肯德基的雏形，再经过了1009次失败的实验，历尽千辛万苦才建立了肯德基。

细细想来，没有任何人的一生是真正一帆风顺的，我们或多或少地经历着磨难。我想，我们常常如同那被放弃的蟹爪兰，默默地承受着种种痛苦，或因为感情，或因为事业，或因为生活。当然，我们也可以自暴自弃、自我放逐，最后被这社会淘汰，仿佛你从来没有来过这个世界。可连蟹爪兰都知道不能放弃自己，熬过无人问津的日子，独自等待花期的到来，更何况是一个深深切切感受着所有花香、雨露和阳光的人呢？

不知道有没有人吃过"褚橙"？它们的主人褚时健有着一段传奇的人生。褚时健出生在一个农民家庭，当过区长、区委书记、华宁农场副厂长、华宁糖厂厂长、玉溪卷烟厂厂长，被授予过"全国优秀企业家"的称号，被评为"十大改革风云人物"。这些头衔和名誉下的他，付出多少我们想象不到的艰辛。如日中天的他，在1995年的时候因贪污受贿被判无期徒刑，剥夺政治权利终身。对于这样的人生变故，大概没有几个人能承受。是否敢于直面惨淡的人生，也许就是平凡人和有所成就的人的最大差别吧！由于患上严重的糖尿病，褚时健获批保外就医，在此期间，他与妻子承包荒山开始种橙子。这之后的十年，他们的橙子大规模进入北京市场，并通过电商开始售卖。

面对失败，面对人生的大起大落，有能力的人选择再次站起，而懦弱的人一蹶不振。不是命运给予特定的人创造神话的机遇，而是我们赋予了自己怎样的能量。其实，跌倒并不可怕，可怕的是我们丧失了站起来的能力与勇气。

看过蟹爪兰开花的我，终于明白它为什么有"鸿运当头、运转乾坤"的花语了！这便是它不屈不挠、不抛弃、不放弃的自我修养的展现。如果我们努力像它一样低头做事、默默耕耘，便不会抱怨命运的不公。我现在相信，无论过程多残酷，上天都会成全当初努力的你。

尽情地去享受鸟语花香，也敞开胸怀去接受风霜雨雪吧；尽情地去感受真情的温暖，也学会隐忍世事的艰辛吧；尽情地去感恩命运赐予的美好，也去接纳所有的不公吧！你若微笑，清风自来；你若盛开，蝴蝶自来——这便是蟹爪兰的自我修养。

我只在别人眼里才看得到光芒万丈的你

一场恋情中最美好、最享受的时期莫过于暧昧期，在荷尔蒙的作用下，你们在彼此面前"伪装"成蕙质兰心的窈窕淑女、风度翩翩的谦谦君子。无论谈及什么话题，你们都喜欢绕好几弯还不入正题。从牵手、拥抱到唇间的亲吻，彼此试探再试探，从而靠近再靠近，虽然过程无比烦琐，可你们却无比欣喜地沉浸其中。

可惜，时间永远不会停滞不前，那个曾经让你心跳不止的人，如今却成为了彼此最熟悉可却怎么都无法再次怦然心动的人。你说是时间杀死了你们的爱情，但其实又何尝不是你们亲手所为呢？

没人能逃得过平淡无奇的生活，当然，也包括前段时间喝得酩酊大醉的瑾小姐。瑾小姐是我从小玩到大的闺蜜，浪漫主义情怀深深地刻在她的骨子里，这样一个永远以"文艺女文青"标榜自己的姑娘，是很难心甘情愿地落入凡尘做个家庭主妇的。

"来，陪我一醉方休！"瑾小姐一把拉住正在仔细端详她的我，顺势把自己手中的那杯酒一饮而尽。

瑾小姐向来不胜酒力，我赶紧抢过她手中的酒杯："大小姐，我们回家吧，回家吧！"我被她的夺命三连呼催到酒吧，在看到喝得烂醉的她之前，我并不知道到底发生了什么事情。

"是不是闺蜜？是不是闺蜜？嘿嘿，是闺蜜就要陪我喝酒，酒杯给我……给我……"原来，喝醉酒的文青和酒鬼并无两样，瑾小姐冲着酒杯傻笑。

"说吧，到底发生了什么事？"我把酒杯递给她，当然，酒已经被我换成了柠檬水。

瑾小姐喝完杯中水，丝毫没发现有什么异样。

"我可以离婚吗？我突然发现我的生活就如一潭死水，无悲也无喜，但这好像越来越不是我想要的生活了。"瑾小姐又是一杯被我混了解酒药的"酒"下肚。酒哪里真能解愁，瑾小姐看起来糟糕透了，一点都不像我认识的那个永远光鲜靓丽的她。

"胡说什么呢，你要是对枯燥的生活心生厌倦大可以出去好好玩一趟，等你回来啊，便天晴了，没事少拿离婚扯淡啊！"我相信瑾小姐和冬先生的爱情：作为闺蜜，我见证了他们的爱情从萌芽到结果的过程；作为女人，我无比羡慕他们这样从一而终的爱情。

"没有胡说！我想了很久很久很久，我突然不知道他还爱不爱我，好像我们之间已经没有爱情了，这种感觉太可怕了！而我，好像也爱上了别人！"瑾小姐擦拭着挂在眼角的泪水。我意识到原来旁人眼中的神仙眷侣也是会出问题的。

"我靠，你不会吧？"我顿时大跌眼镜。

瑾小姐和冬先生是大学同学，瑾小姐在见到冬先生第一眼后就告诉我，如果这个男人追她，她一定会同意。爱情的降临永远不会像大姨妈一样让人有所防备。

学校的爱情从来不涉及工作、家庭、房和车，所以只要相爱便可以自然而然地走到一起。毕业后，瑾小姐义无反顾地飞去了冬先生的城市，两人在周围所有人的羡慕嫉妒恨下火速结为夫妇。

我至今还记得瑾小姐在婚礼上的誓词："冬先生，在这个陌生的城市里原来只有我一个人，谢谢你愿意让我成为你的家人，我心甘情愿地披着白纱和你一起走在红毯，然后就这样从清晨到黄昏，从20多岁到天荒地老。"

冬先生一个一米八几的大男人在听到她的誓词后，难以掩饰地流下了感动的泪水。

我相信冬先生的人品，也相信冬先生对瑾小姐的爱情，所以"出轨"是第一个被我排除的理由。

原来，瑾小姐遇到了每一场婚姻里都会出现的瓶颈。

在冬先生的心里，他一直欠瑾小姐一个交代：当初，瑾小姐放弃了家人给她安排的好工作，义无反顾地来到了他的城市，嫁给了无房、无车的他。他始终觉得，让瑾小姐过上物质丰裕的生活是他的责任。冬先生很努力，很快就被领导提拔为分公司的经理，分公司离他们家很远，于是，冬先生工作时间就住在公司，周末才会回家，有时候周末要加班，他也只能留瑾小姐一个人过周末。

他们之间的交流常常是这样的：瑾小姐怕孤单，常常有事没事地"骚扰"他。瑾小姐的短信冬先生基本不会回，因为在冬先生的眼里，瑾小姐说的都是些无关紧要的小事情，但他记不起当初，他半夜找遍整个大学城买饺子，只为了瑾小姐的短信——大半夜突然很想吃饺子。瑾小姐给他电话，事情还未说完，他便因为工作挂了电话，事后也记不起要给她回个电话。

这样的落差感，粗线条的男人从不会像女人一样敏感。

瑾小姐试着与冬先生交流，但因为两人站的角度完全不一样，因此，每次因为这个话题的争吵总是无疾而终。

瑾小姐说，她常常在想，这些年，疲于奔命的冬先生是不是已经失去了魅力，再也没有了当初那样的光环。

久而久之，瑾小姐选择回避这些问题，不痛不痒地过着现在的生活，直到她的生命里出现了另一个男人——在瑾小姐的眼里温暖、阳光、优秀的X君。

瑾小姐说，很多年，她以为心死了，直到遇见X君，她突然听到了当初心动的声音。

我问瑾小姐，真的要离吗？

酒醒得差不多的她坚定地点了点头："嗯，决定了！我怕我守着这样的一个男人到老了才觉得一无所获。"

我不想用任何大道理劝她，我知道她决定的事谁也改变不了，我同样也知道，在成年人的世界里，明确的对与错根本就不存在。就好像，瑾小姐也不知道为什么，她当初立誓要嫁的人沦为了她眼里的凡夫俗子。

前几天，瑾小姐约我吃饭，我原本以为她已经解决了她的婚姻，但出人意料的是，她和冬先生一起走出了阴霾。

我好奇地问瑾小姐："您是怎么舍得放弃你的真爱X君，选择继续过你柴米油盐酱醋茶的生活？"

瑾小姐狠狠地瞪了我一眼道："去你的！还能不能盼我点好！"

"快如实招来！"我迫不及待地想知道他们和好如初的原因。

"其实也没什么原因，就是我突然发现我们家冬先生原来一直都是光芒万丈的那个人。"瑾小姐喝了杯茶，说起冬先生，居然还两颊绯红，如同初识冬先生一样。

瑾小姐娓娓道来。

原来，他们一起参加了一个读书活动，参加活动的大多是在校的大学生。他们围绕着各自带来的书讲着他们的生活与困惑。

那次活动中，他们聊了公益、旅行、生死和生活。无论谁抛出一个问题来，冬先生都会循循善诱，用自己这些年的经验告诉他们应该拥有什么样的能力，应该具有什么样的心理素质去应对面临的问题。

当冬先生把这些年经历的辛酸与成就这么云淡风轻地讲出来的时候，瑾小姐看着阳光洒向冬先生的侧脸，突然觉得X君也不过那样。

活动末了，冬先生无比认真地劝导那位对做公益这件事无比迷茫的女大学生。

他说："人生有很多事做起来的时候都不一定有意义，也不一定能得到所有人的理解，但你要遵从自己的内心，去坚持你认为正确的路，总有一天，你会收获更好的自己，也会得到更多人的支持！"

那个女大学生看着侃侃而谈的冬先生，一副无比崇拜的样子。那个模样，让瑾小姐想起了当初的自己，那个在台下看着冬先生在台上演讲的自己。而这些年，冬先生再也没有这么多的耐心跟她讲这么多诉衷肠的话了。

回去的路上，瑾小姐问冬先生："为什么我们总喜欢把最出色的自己留给别人，把最糟糕的自己留给最爱的人呢？"

冬先生握着方向盘，嘴角露出了微笑："如果不是因为今天的活动，我还不知道原来我的老婆已经快成为作家了。"

是的，瑾小姐要出书的事在与X君分享后，便忘记了告诉冬先生。

瑾小姐自知有些理亏："要不是因为今天这个活动，我也不知道原来当年的大才子如今已然是一副大英雄的模样了啊！说起道理来那么真诚，深得小女生的欢心呢！"

"好多年没闻到醋味了！我啊，不过是把自己的经验、心得分享给他们，希望他们永远不要放弃自己的理想、不忘初心罢了！"冬先生调侃着她，一字一顿地认真对瑾小姐说，"老婆，到今天我才知道，越亲密无间的感情越需要维系。我常常以为我们已经成为彼此最熟悉的人，所以我常常随心地去做一些事。比如，得空我更愿意去休息而不是给你打个电话；再比如，我可能愿意给陌生人很多的耐心，却没有仔细地听你说你的生活。在一起时间越长，就越不想跟你解释什么或者像以前一样去哄你。我总以为你永远都不会跑，但我却忽略了，你不是只要有粮食就能喂饱的宠物，我们的爱情仍然需要我像当初一样用心去维系。"

瑾小姐没有说话，也没有过多地追问，因为她知道，这一次，他们都深谙夫妻相处之道。

又何尝只有爱情如此呢？这世间所有最亲密的情感都带着一种永远会被忽略的色彩。于是，我知道你不会离开，便可以无理取闹；于是，我知道你不嫌弃我最丑的模样，所以可以衣着不堪；于是，我知道你可以接纳我所有的缺点，所以我可以完全不用隐藏。

但你大概误解了，人心并不是铜墙铁壁，受了伤它会不自觉地疼；但你大概忽略了，最亲密的感情最值得你花心思去珍惜；但你大概忘记了，最好的自己应该留给最爱的人。

今夜星光不离，我希望不用透过别人，我还能看得到初见时光芒万丈的你……

我们都要体面地做自己

你强迫自己干一份并不喜欢的工作，你无奈地被许多人逼婚，你身不由己地做出背离自己意愿的选择。你突然意识到，越长大越孤单，越长大越不能做真实的自己。可你并不知道，你经济独立、思想独立、四肢健全，却为何不能体面地做自己。

一、面对世俗观念，你要成为自己的勇士

中国人，从小就被"身体发肤，受之父母，不敢毁伤，孝之始也"等孝道所束缚。于是，我们的父母特别擅长替我们做出许多选择，面对抉择，我们常常只有知情权，却很少有选择权。

这样的状态大概持续到你成年，你有了自己的是非观、人生

观，你本以为可以做自己，可你仍然会发现，你被无数的世俗观念包围。

首先来聊一聊我们的工作。我们的父母仍然相信体制内的工作旱涝保收、稳定安逸。但凡有点关系，他们都会竭尽全力给我们找一份体制内的工作，但从来没有人真正在意过你到底适合做什么。

我有个朋友是典型的工科男，他喜欢与数字、公式打交道，不善言辞，也应付不了稍微复杂一些的人情世故。毕业那年，他在父母的殷切期盼中考取了当地的公务员。于是，面对一家外企向他抛来的橄榄枝，他只能无奈并且遗憾地选择放弃。

别人眼里本应该生活安逸的他，其实并不快乐。他不会写公文，不知道如何面对颇有心计的同事和说话喜欢绕很多弯的领导。于是，工作七年他仍然没有任何晋升的机会，未满30岁的他便开始不停地掉头发。

他过得安逸却不开心，他放弃了当科学家的梦想，而一个没有了梦想的人生会变得无趣。他常在喝醉酒的时候，抱着自己获得全国奥数比赛一等奖的奖牌大哭，可酒醒后，他只能继续在机关里夹着尾巴做人。

"学而优则仕"的观念影响着好几辈中国人。面对不适合自己的稳定工作，很多人都选择像我这位朋友一样继续隐忍。于是，一辈子碌碌无为，郁郁寡欢，他们活在无数人的目光里，他们活在这些并不合理的世俗观念里，他们的生命并不属于自己，他们不敢遵从内心，不敢义无反顾，他们只会无止境地叹息。

"山窝里出金凤凰"是对凤凰男、孔雀女最大的肯定了吧。生活在山窝里的父辈们，一辈子含辛茹苦地养大自己的儿女，一旦他们的子女飞出了山窝，他们便希望子女能一飞冲天，直到光耀门楣再回来祭祖。

即便是二、三线城市的父母，也常常希望将子女送到大城市去工作和生活。父母从小就拿"好男儿志在四方"的古语教导我们。当然，大城市并非不好，比起小城市，我们更能享受到优质的教育资源、医疗资源，还有遍地的美食、灯红酒绿的夜生活。大部分人硬着头皮往大城市里挤的同时，并没有考虑过是否能承受得住来自大都市的种种压力。

大浪淘沙留下来的总是生活的勇者，留在大城市里的他们勤勤恳恳、执着努力。几年后，他们买了房、有了车，组成了属于自己的三口之家。这样的结局当然皆大欢喜，但不可否认的是，有更多的人背负着各种各样的压力——居高不下的房价，竞争日益激烈的工作，处处谨言慎行的生活，很多人的梦想都在现实面前湮灭。他们常常报喜不报忧，偶尔向父母抱怨大城市的生活，表达想要回到小城市的意愿时，仍会被他们的父母无情地否决。他们会批评你怕吃苦，可他们并不知道，你拿着微薄的工资，啃了一个月的面包；他们会责备你不懂珍惜留在大城市的机会，可他们并不知道，你周围多的是比你有心计、有人脉的同事；他们会抱怨你不懂讨人欢喜，可他们并不知道，你做了你师父一个月的跟班。

所以，"感同身受"这个词，永远都只是停留在表面，没有经历过你所经历过的人生，每个人都可以用冠冕堂皇的理由劝你留下来、留下来，你只好努力再努力一点，直到你已经精疲力竭，惯性地重复着你的生活。

最可怕的是面对爱情，你越来越没有追求的勇气。二十岁的时候遇到喜欢的人，你可以不管不顾地去追求，三十岁的时候遇到一见钟情的人，你就会犹犹豫豫、瞻前顾后。

你不仅怕输，你更怕不够门当户对。门当户对，我们说了这么多年的词，可惜对它的理解也不过还是停留在表面。真正的门当户对是彼此价值观、人生观、消费观的一致，而不是彼此的家庭拥有同等的地位与财富。

细细想来，你为什么一边抱怨遇不到真爱，一边接受父母安排的相亲？因为在寻找真爱这条路上，你同样不够果敢，你怕来自外界的压力，你根深蒂固地觉得，被剩下是可耻的，没有婚姻的人生更是难堪的。于是，你选择妥协，与一个父母认可、你也不讨厌的人共度一生。若是此生你再未心动也就罢了，可如果婚后，你遇到一见钟情的人，你要怎么办呢？当然，世俗观念仍会用责任去约束你，你只能与他或她相忘于江湖，但没有人能体会，那个人无数次出现在你的梦里时，你醒来那一刻的心酸与无奈。

每个人都是独立的个体，你有思想，有灵魂，你本不应该急着上路，而应该在上路之前好好想一想，你的人生到底是为了谁而活。你也不应该因为年纪大而着急婚嫁的事，对的人总有一天会出现，就算孑然一身，只要懂得经营自己的生活，我同样觉得比没有爱的平凡婚姻更显得幸福。

大多数中国人，前半生是为父母而过，下半生又为子女操劳，其实，我们并没有太多的时间是真正为自己而活的。因此，要珍惜每一个能让你自己做主的机会，为自己勇敢地做出些选择。比如，你要选择在哪个城市生活，你想选择怎样的工作，你更愿意与谁共度余生。这些选择应该是遵从内心意愿的，这些与你将来几十年息息相关的决定，也不是做给别人看的。你的生活不是一场秀，你在人前笑得有多灿烂并不重要，重要的是，每当太阳升起，你能够满怀欣喜地迎接这一天，当夜幕降临，你能问心无愧地入眠。

二、面对道德绑架，切勿选择委曲求全

中国人习惯性被道德绑架，我们从小就被教育尊老爱幼，于是乎，面对倚老卖老的老人、仗人势的小孩，我们不得不选择隐忍。

有关公交车是否要给老人让座的问题，就曾经引起无数媒体的关注，甚至还发生过这样的事：一位因为身体不舒服没给老人让座的年轻人，竟然遭到了老人暴打。这是多么奇葩、可怕的

道德绑架？我们当然应该尊老爱幼，但这必须建立在互相尊重的前提下。有时候，你的委曲求全只是助长了某些邪恶之人的嚣张气焰。

我们推崇百年好合、一定终身的婚姻观。于是，面对婚姻的变故，我们选择硬撑，彼此心力交瘁地去维系着已经没有了爱情的婚姻。

我阿姨便是这种婚姻观的受害者。我外婆有五个女儿，个个出落得美丽、大方，五阿姨更是艳压群芳，获得她们那个年代众多男神的青睐。五阿姨与五姨夫结婚不久，便发现五姨夫喜欢酗酒，喝醉了便开始对她动粗。我印象最深的一次，是妈妈半夜接到五阿姨打来的电话，这次，她被五姨夫打得很惨，我们一家赶到医院的时候，我看到她蜷缩着身子躲在医院大厅的角落里，衣服上都是血，我妈妈当时就蒙了。我们都不知道五姨夫是用怎样残暴的方式打了她，她的左边嘴巴的腮肉被撕出了一个大大的伤口，值班的医生整整缝了七针才勉强将伤口缝合。

我们全家人都开始劝她离婚，可她却在伤好后又默默地回家了。她宁愿在这段错误的婚姻里接着忍受家庭暴力，也不愿意离婚。她恐惧离婚，她怕离婚后一无所有，可事实上，继续维系这段婚姻，她不仅一无所有，身体和精神都还饱受折磨；她担心离婚对她的儿子造成不利的影响（可曾有人做过试验，一个受到良好教育的单亲家庭的孩子远比一个在遭受家庭暴力的双亲家庭中成长的孩子更健康）。她最怕的仍是离婚后会遭受冷嘲热讽。改革开放这么多年，许多人的思想并未真正与时俱进。

我有个好哥们，与女朋友谈了七年的恋爱，可就当他们准备结束爱情长跑的时候，这哥们对另外一姑娘一见倾心。哥们最终未能超越道德的限制，经过无数的挣扎后，他选择向相恋七年的女友求婚。

若终能收心并且心甘情愿地进入婚姻也不失为一桩美事，只可惜，咳嗽和爱都是无法掩饰的。无论是选钻戒还是婚纱，他无一不在想象，他深爱的那个姑娘会选择哪一款钻戒、哪一件婚纱。这样的精神越轨不停地折磨着他，婚后的生活不免要与柴米油盐酱醋茶打交道，他对他的妻子因为没有了爱情也就没有了以前的包容和忍耐。最后，在一场激烈的争吵之后，妻子拆穿了他爱上另一个姑娘的事实。有些事一旦拆穿了，彼此也就过不下去了。而他深爱的姑娘不敢背负"小三"的骂名，并未选择与他重归于好。

在这场草草收场的婚姻里，可以说是两败俱伤。若一开始便能理智地去面对，不被道德所绑架，我想，即便是向对方坦白，也会随着时间的流逝和年岁的增长而得到对方的谅解。可太在意旁人目光的他选择心里放着另外一个姑娘，草率地步入婚姻，最终只能同时摧毁了七年的恩情。

我们的行为应该受到道德的约束，可我们要理解清楚"约束"和"绑架"的不同。道德约束我们遵纪守法，做个对社会、对家庭有益的好公民，但道德本身从未想过要通过绑架的方式去拦截你的人生。如果明知道走下去只会导致更坏的结果，那你不是遵从道德而是被道德绑架。你忍气吞声，你委曲求全，你虚伪地表达着自己的感情，你以为这是对别人最好的成全，却不知你只是给别人带来更大的伤害。

三、你来人间一趟，你要看看太阳

海子的《夏天的太阳》里有这样一段：你来人间一趟，你要看看太阳；和你的心上人，一起走在街上。我们的人生应该是炽热、热烈并伴随着激情的，你要感受生命的美好，毫不掩饰现实的骨感；你可以身处繁华与喧闹，也不害怕置身于孤独；你会贪恋爱人柔软的手掌，也同样可以果断地送走不爱你或者你不爱的人。

前段时间读"A4纸上看人生"，才突然间意识到生命原本来得如此仓促，你看似漫长的岁月实际上转眼即逝。现实告诉你，任何的感同身受都是不靠谱的，你眼里别人风光的生活实则是冷暖自知。不要被世俗观念所诱导，更不要被道德所绑架，你有限的人生需要太多遵从内心的选择，你短暂的岁月并不是一场为了满足别人的show。无论一路走来是欣喜还是悲凉，只要是体面地做自己，你的人生都是美好的。

人生无须将就，
生活不可低配

人们常常喜欢在心里设定一个永远遥不可及的梦想，于是，人们更乐于寻求心理安慰，这样的心理安慰能让你欣然接受退而求其次的选择。当然，这些选择往往令你困惑、徘徊、孤独、绝望。最终，你的生活变成了一潭死水，激不起任何涟漪……

我们聊爱情、工作、生活，最重要的不过是聊心情。我们原本以为将就了人生、低配了生活便能安居乐业，但你忽略了心理学上的情绪定律——人百分之百是情绪化的动物，你的将就和低配都将拖你进入无底的深渊。

我的表妹也曾经以为她可以管理好自己的情绪，能将一份将就的工作进行到底。

很长一段时间，表妹沦陷在她自己不擅长甚至厌恶的工作里不能自拔。表妹家境不错，她生性活泼、可爱，弹得一手好钢琴，多才多艺且有才情。表妹在学校的时候就坚持练瑜伽、画画、弹钢琴，定时看画展、话剧，生活得小资且惬意。

毕业后，表妹选择了一份自己并不十分喜欢的职业——机械设计工程师。工作之初，表妹并不清楚这份工作的性质——纯技术并且需要长期出差。

工作一两个月，每天都要跟枯燥无趣的代码打交道，表妹内心对这份工作产生了反感。

工作半年，虽然好友成群，但永远四处奔波的她没有时间与好友相聚。当然，更别提按时健身、做美容、旅游、看演唱会这些她原本热衷的事了。表妹的内心开始厌倦这份工作。

工作一年，表妹发现她很难真正地开心起来。日子过得不咸不淡，她还是忙碌地奔走于全国各地。她一边在心里诅咒这些代码，一边无比努力地想要搞清楚它们所代表的含义。不仅如此，表妹与身边同事的价值观、消费观也并不一致。同事大多不富有，他们没有心思和情绪去聊诗、梦想和远方，他们需要勤奋地工作，努力地在这个大城市里落脚。同事们对生活近乎没有要求——能省则省、得过且过，而从小娇生惯养的表妹特别看重生活品质。无关对错，不同的成长环境注定他们是聊不来的。

表妹很努力地想要融入这个同事圈，这样的融入很勉强——人与人之间的情感，惺惺相惜很重要，所谓的气场合不合主要就是彼此价值观、人生观、消费观的一致与否。

事实证明，有些圈子真不是想融入就能融入的。比如，表妹有次买了一个coach的拎包，这对表妹而言，完全是她可以支付得起的商品，但对她的同事而言，这便是一种赤裸裸的奢侈。

"小瑾，你没事就别去买这些大牌的包了，多浪费钱啊！其实质量和普通的包差不多，就是卖一个品牌的钱，你别犯傻。"当表妹再次入手一只MK的包时，她的同事终于按捺不住地好心提醒她。

"其实我并不是看重品牌，我只是认为商品的价值和价格是成正比的。像我这样中等档次的包包使用周期长，平均算下来其实要比买地摊上的包合算些，你可以算一笔账……"表妹原本想好好跟同事探讨下价值与价格间的关系，但别人自然也有自己所坚持的理念。

"你啊，就是傻！一个包要用那么久干吗？坏了就换呗，也总比你这样好，你这样消费，总有一天会后悔的！"同事并没有理会表妹，而是再次纯属善意地劝导她。

言至此，表妹只得沉默以示赞同。其实，这么多年养成的消费观，岂是别人一两句话就能动摇的。

类似的例子举不胜举，他们双方都不能理解对方的价值观和人生观。三观大相径庭的两类人永远都无法顺畅无碍地交流。长此以往，不愿得罪人也不愿改变自己的表妹只能越来越沉默。

我曾问过表妹为什么不换份工作，表妹回答说："可能还是怪自己没有勇气吧，我总觉得也许时间长了我就能适应这份工作，适应我同事们的生活啊！"

"时间长了你会爱上这份工作吗？"我追问着。

表妹思考了很久："绝不会，可能就是将就将就吧！嗯，将就……"表妹说得肯定，却让我一阵心酸。很多事是将就不来的，这样的将就带走了表妹曾经最好看、最真挚、最简单的笑容。

再讲一个朋友狗血的爱情故事。

小雪和她的前任小杨是通过相亲认识的。初识时，小雪刚和她深爱了十年的男友分手，她的前前任是个爱劈腿的渣男，但小雪总是对他念念不忘；小杨倒是很久没谈恋爱，因为始终没有找到可以代替他初恋的女生。

奈何两人都到了嫁娶之年，都被家人从不间断的逼婚烦扰着。于是，两人都抱着试试看的态度开始了他们彼此了解的过程。

他们大概聊了一个半月，周末定期约出去吃饭、看电影，正在我们都以为他俩有戏的时候，小雪道出了实情："跟小杨先生在一起总有种食之无味、弃之可惜的感觉。反正各方面都合适，但就是不会心动，牵手不会、拥抱不会，甚至觉得跟他接吻是件很恶心的事！"

"你连喜欢他都算不上，还不赶紧分手另觅新欢。"我们异口同声地劝她。

小雪深叹了一口气："怎么放弃啊？我觉得这辈子很难再找

到一个那么爱的人了，上一段感情已经消耗了我全部的精力，结果不也就是那么回事吗？"

"难道是因为你还没忘记前任，所以才对现任毫无感觉？"我问道。

"没听过一句话吗，忘不了前任要不就是没有新欢，要不就是新欢太次！"朋友小蒋一语道破。

"唉，不说了，就这样吧，一辈子那么长跟谁过不是过，凑合呗！"小雪最后用一个无奈的表情终止了我们的谈话。

这之后没多久，小杨居然自己提出分手，分手词说得相当冠冕堂皇："小雪，我知道你很好，是个好姑娘，善良、简单，工作好、家境也好，可跟你在一起我就是丝毫提不起劲来。对不起，都怪我！"

小雪深感莫名其妙，她原本以为小杨对她印象不错，直到小杨提出分手，她才知道原来他也在将就。

对于他俩分手这事，我们都深感欣慰，既然彼此没有互相吸引，凑合着哪里能过一辈子？

本来这件事就此告一段落，可是过了几天，小杨又来找小雪道歉，辩称自己那几天心情不好，遇到了工作上的瓶颈，希望小雪原谅他，给他一次重新追求她的机会。小雪本来很犹豫，但她实在是受不了父母的嘀咕，还是答应了小杨先生的请求。

他们还是如以前一样，定期约着吃饭、看电影。生活原本就平淡乏味，两个互相无感的人在一起就更无感了。但小雪还是不愿意放弃，她内心唯一的期盼就是：时间长了，也许亲情能成为他们之间的维系。

小雪一直闷闷不乐，一点都没有恋爱中小女人的幸福感，她当然知道没有互相成瘾的爱情，生活无法因为多一个人而更加多姿多彩，但她不撞南墙便永远无法知晓，由于她现在的将就，以后的人生会留多少遗憾。

除了将就我们的爱情、婚姻、工作，还有很多人低配着自己的生活。

一个被低配的人生就好比一个无底的深渊，它将你置身在深井，将你变成一只井底之蛙。你无比满足于现状，可你永远都不知道外面的世界有多么精彩。你故步自封，自我怜惜，过得其实谁都不如。

有这样一段故事。

城里的记者采访放羊娃：你放羊为了啥？

放羊娃：为了赚钱！

记者：赚钱为了啥？

放羊娃：盖房子！

记者：盖房子为了啥？

放羊娃：娶媳妇儿！

记者：娶媳妇儿为了啥？

放羊娃：生娃！

记者：生娃为了啥？

放羊娃想了想：放羊！

放羊娃受生活所限，永远走不出那座大山。那么，无数从大山里走出来的有志青年呢？看见过高楼大厦就能算人生圆满吗？如果你硬要用那么多的理由去搪塞、安慰自己说见过这么多的风景足矣，喝过城市里的咖啡足矣，那么你的人生也再次画上了一个句号。

我就有一个从大山里走出来的同事，他积极乐观、任劳任怨，从来没有低配过自己的生活。

他和他老婆活得很时尚、很小资，每件事都有他们自己独特的想法和理解。他们一起去云南拍婚纱照，欣赏了彩云之南的美丽风光。结婚时，他们有创意地选择了电动车队，给所有人带去了一场中式婚礼的视觉秀。他们同样很努力，努力让自己的财富足以支付得起他们对生活的那份野心。

我无法告知你追求精神高潮的美妙体验，就连对物质生活的不同感受，我都无法告知于你——速溶咖啡和星巴克的差别，傣妹和海底捞的差别，路边地摊的包包和LV的差别，所有的这些只有你去体会了，才能觉察出差别来。

我始终觉得适当的欲望是件好事情，因为有了欲望才会有上进的动力；我也始终认为适当的吹毛求疵不是件坏事，因为这样的"不将就"才足以般配你仅有一次的人生。所以，真的不要试图低配你的生活去满足自己，哪怕现在的你没有资格去支配你想要的生活，但梦想永远不能被间断；也永远不要去将就你的人生，哪怕你想要的人和事都未出现，如果你愿意披上战袍，等待的旅途都将鲜花锦簇。

　　作为成年人，对于人生，我们都该有正确的判断和选择，这样的判断是出于理性和感性的综合衡量。所有的将就和有意的低配都永远包藏着你的不甘心，怀着这样的不甘心过着漫长的一辈子，日子便会变得遥遥无期，你不仅无法体会到身体和灵魂的高潮，还会被硬生生地拖垮、拖倒，最终成为一个无趣、无聊和无味的人。

　　选择将就与不将就、低配与不低配的两类人群，相差的是眼界、思维方式、生活和教育的理念，而只有不将就、不低配的人生才值得你当初从远方赶到人间，赴自己生如夏花般绚烂的约定……

愿我们也能摘下面具，从此被温柔对待

不知何故，很多姑娘都喜欢把自己伪装成刀枪不入、水火不侵的模样。她们像男人一样生活和工作；她们习惯用看似坚强的外表掩盖内心的柔软；她们与很多男生成了哥们，包括她们暗恋着的人；她们把自己逼到墙角，拼了命地赚钱，努力依靠自己的力量给自己买房、买车。但她们似乎忘了，她们只是水做成的女孩，本应千娇百媚、温柔似水，撒娇往往是她们最有力的武器之一……

我的大学舍友林可就是这类姑娘的典型。她其貌不扬，杜绝一切女性特质——比如长裙飘飘，长发披肩，当然还包括撒娇。她把自己过成了一个汉子，像穿着盔甲的战士，一副不愿与任何人交好的样子。

命运却有不公，我不得不承认，漂亮的姑娘总能不费吹灰之力便获得众人的喜爱。即便是有着大小姐脾气的美人，也能不费吹灰之力便拥有一群护花使者。而像林可这样长相普通，恰好性格又不太好的姑娘，自然缺少朋友，尤其是异性朋友。

我和林可同宿舍。起初，我对她的生活一无所知，我只是觉得她把自己活得跟独行侠似的。除了就寝，我几乎很难在寝室看到她，她的生活始终如一：一早去图书馆看书，然后上课，一空闲下来就去做兼职——当家教、派传单，她永远都有干不完的活。

我们偶尔寒暄之时，我总有点心疼她，便一直劝她要注意身体，她却总是冷冰冰地回我："没关系的"，就连一句"谢谢"都不曾从她嘴巴里吐露出来。

有一天，她竟然没有早起，我洗漱的时候发现她正裹着被子，身体明显在瑟瑟发抖。

我焦急地问她："是不是不舒服，要不要我们送你去医院？"

她眉头紧皱，露出个脑袋，虚弱地发声："没事。"

她确实能忍，整整卧床一天，也不接受我们任何人的帮助。后来，辅导员查房，不由分说地将她送进了医院。

抽血、化验、量体温……那是我第一次看到她心甘情愿地被我们扶来扶过去。化验结果出来之时，医生责怪她不把自己的身体当回事。医生年纪稍长，像她的父亲一样，语重心长地说："你们这些年轻人啊，太不爱惜自己的身体了，整天熬夜又不注意饮食，这下好了，你这肠胃炎啊，怕是一时半会治不彻底了！你现在不养胃，等年纪大了啊，胃必然找你麻烦！"

医生喋喋不休了半天，林可居然丝毫没听进去，淡定地问道："这些药要多少钱？"

医生当时被她气得哭笑不得，她却有意支走其他同学，弱弱地问我："你能不能借我点钱？我钱好像没带够，你放心，我一回去就还给你！"她说这番话的时候，看都没看我一眼。我原本觉得她这求人的态度不对，后来我才能理解，在她的世界里从来没有"求"这个字，她不愿意求人，不愿意示弱，即便她有可能是真正的弱者，可那可怜的自尊心还是让她把自己伪装得水火不侵。

她难得给别人照顾她的机会，自然也很难体会到那份被照顾的温暖，因此她特别感激我，我自然而然地成为了她唯一的朋友，既然是朋友，她便也不再对我有所保留。

原来，林可生在河北的农村，父母都有病在身，家中有三个兄弟姐妹，一个刚工作的哥哥，一个还在读书的弟弟。她的父母务农，并没有多余的能力养活他们，所以林可从上大学起，学费都是银行贷款来的，生活费都是向亲戚朋友借来的。林可从读大学开始就背负着另一个重担——还债，还国家的债，还亲戚朋友的债，因此她才打着无数份工还过得特别拮据。

在不知情的同学看来，她是个视财如命的葛朗台，爱赚钱却舍不得花钱。她从来没有向任何人诉说过她的辛苦，她固执地以为，宁愿隐藏自己也不能让旁人看到一个如此卑微的她。

久而久之，她被孤立了，无论班里组织什么活动，大家都不会带她，因为大家觉得她舍不得出那份钱，她也从来都不需要朋友。

我想，她在那个时候认识我大概是件幸福的事，我按照约定帮她保守关于她的所有秘密。毫不夸张地说，在她眼里，我似乎扮演着她救命稻草的角色。

毕业后的某一天，有一篇《寒门再难出贵子》的文章在校内网上被大肆转载，我看到这篇文章的时候便想起了林可，果不其然，林可看到这篇文章之时也想到了自己。

那是我第一次听到她哭，她说："星星，你说像我这样的姑娘，长得不好看，性格又不合群，是不是注定不招人喜欢？其实我从来没有跟你说过，我介意我这贫寒的出身，我不敢在任何人面前提及我的家庭。我不觉得我有这样贫穷的父母是件多可耻的事情，因为我知道我的父亲母亲有多爱我。可我害怕别人会瞧不起我，他们会觉得我周身散发着穷酸气，尽管我已经在努力地摆脱这让我厌恶的气息，可它却如影随形，总是时不时地逼我现出原形。它不断地提醒我，我是一个一直生活在穷困人家的孩子，我永远不可能得到你们拥有的光鲜亮丽，我得靠自己，什么都只能靠自己。"

她哭得很绝望，我突然就理解了她所有的不合群和她那伪装的坚强——她永远都穿着那么两件白衬衫，但永远都洗得很干净；她几乎不会和我们一起吃饭，偶尔在食堂遇见，她的盘子里也只有一个素菜；她不是不合群，而是背负着太多的压力，没有办法像我们一样两天一小聚，三天一大聚。因为，她真的很穷。她也不是真坚强，她只是怕极了示弱。

我安静地拍着她的背安慰她，和她说："贫穷并不可怕，可怕的是因为贫穷隔绝了自己。如果你愿意向别人坦白，我想，大多数人都不会介意你的贫寒，因为我们都看得到你的努力。即便有人因为你的贫穷而不接纳你，那有问题的也是玻璃心的他们。我想，作为女生，撒娇大概是我们为数不多的优势之一，我不觉得要把自己伪装得坚强才能获得别人的尊重，相反，偶尔示弱一下，也能让身边的人找到存在感。"

她听了我这番话若有所思，可后来的日子证明，她完全无法摆脱自己的心理阴影，她也无法向任何人撒娇、示弱。

后来，她去昆明工作，我们见面的机会少之又少。我经常会接到她的电话，大多数是寻求我的安慰与帮助。她仍是那样的性格，可作为职场菜鸟，我们太需要别人的帮助，她很多次尝试向别人寻求工作上的指导，可每次都是话到嘴边就又咽了回去。我的父亲从小就告诉我，女人既要学会独立又要学会示弱。于是，我恬不知耻地向所有老员工求助，哪怕是嫌弃我笨的人，我都会采取死缠烂打的招数不依不饶。

这一年来，我收获了无数像朋友般的同事，积累了丰富的工作经验；而林可几乎一无所获，她每晚都加班到凌晨两三点，她不辞劳苦画的设计图总是被领导不停地退回，可她从来都没有告诉任何人加班有多么辛苦，也从来不向任何老员工求教。于是，她的日子过得越来越疲惫。

工作大概一两个月，我再次接到林可的电话，她欲言又止，哭得死去活来。她说她失恋了，她向暗恋的人表白，可他却回答她，她在他的眼里从来都不是女人，他觉得她永远不需要任何人，他说他需要被需要。

林可再次问我，男人是不是都不喜欢她这样其貌不扬又出身贫寒的女人？

我回答她，他不是告诉你了吗？他也需要被需要，无论是你的朋友、同事还是男朋友，我们都需要被需要。

其实，我们身边有太多像林可这样的姑娘，她们都曾表现得过于强势，伪装得过于坚强，仿佛谁都不需要的样子。可人与人之间往往最需要交流、坦诚和彼此间的互相需要。虽然我不是男权主义支持者，但我不得不承认，如今的社会还不能真正做到男女平等。懂得怜香惜玉和周身散发绅士魅力的男人当然深得所有人的心，可你若从不撒娇或者示弱，就没有人知道你也曾无数次地需要依靠。

姑娘，愿你也能摘下伪装坚强的面具，与那个柔软的自己合手言欢，从此被所有人温柔对待。